DER SPAZIERGANG

[瑞士]
罗伯特·瓦尔泽
著

范捷平
译

ROBERT WALSER

上海文艺出版社

目录

代序	命运如雪的诗人——罗伯特·瓦尔泽		3
	罗伯特·瓦尔泽	瓦尔特·本雅明	27
新版序	二十年后的再一次《散步》		35

散步	41
托波特（II）	123
湖	166
意大利小说	170
在办公室	174
西蒙	176
六则小故事	187
一个什么都无所谓的人	199
柏林小女孩	202
陌生人	215
致纽扣	218

1926 年《日记》残篇　　221

有关写作　　280

微微的敬意　　284

音乐　　290

代序
命运如雪的诗人——罗伯特·瓦尔泽

> 假如瓦尔泽拥有千万个读者,
> 世界就会安宁得多……
> **黑塞**

瑞士德语作家罗伯特·瓦尔泽(Robert Walser)的命运与阿尔卑斯山皑皑白雪紧紧地联系在一起,白雪意味着辽阔和淡泊,宁静与质朴,它意味着与任何其他色彩的格格不入。瓦尔泽就像一片轻轻的雪花那样,飘落到沉重的大地上,又悄悄地融入大地。直到瓦尔泽去世多年后,这位卓有才华的作家才引起国际文坛的普遍关注。如果说瓦尔泽是一块久藏在阿尔卑斯山麓白雪之中的瑰宝,也许对熟知瓦尔泽一生和其创作的人来说并不过分。因为瓦尔泽和他隽永的文学风格既把人带进一种类似东方王摩诘的高远和陶渊明的超凡脱俗般的美学意境，同时又置人于西方现代主义文学的审美情趣之中。他的文学语言像窃窃私语，他写下的小说、诗歌以及2000多篇小品文更像轻轻飘落的雪花，在平静中给人以无限的遐想。瓦尔泽远远算不上欧洲传统意义上的文人，但仍不失为文人的楷模，现代著名奥地利作家罗伯特·穆齐尔（Robert Musil）曾经说过，卡夫卡不过是瓦尔泽人格的一个特殊侧面而已。据穆齐尔称，瓦尔泽是现代主义文学的开山鼻祖之一，当今瑞士德语作家的身上或多或少都带有瓦尔泽的烙印，瓦尔泽是德语现代主义文学的象征。

那是1956年的圣诞节，瓦尔泽在瑞士黑里绍精神病院美美地吃了一顿午餐，酸菜、猪排、香肠加甜点，比往常丰盛得多。饭后，这位患了二十七年精神分裂症的作家与往常一样独自出门散步，这已是他几十年来养成的习惯。与德语文学史上另一位患精神病的著名诗人荷尔德林一样，瓦尔泽在精神病院的床榻下也有一堆散步走破了的旧皮鞋，散步在瓦尔泽的生命中的重要程度似乎远远超过了文学创作，本书收入的《散步》是他写于 1917 年初单行本第一版[1]，是一部中篇小说，也有人把它归类于散文。瓦尔泽的一生几乎可以用"散步"两个字来概括，这也是我将这部瓦尔泽作品集命名为《散步》的原因。因为瓦尔泽的文学作品与"散步"有千丝万缕的联系，作品中常常出现长途跋涉的漫游者，他以陌生人的身份穿越陌生地带，并且用漫游者的视角不断去游戏文字、游戏文本，反讽作为作家的自身，其实这是瓦尔泽的一种诗学风格。

阿尔卑斯山的冬天是雪的世界，瓦尔泽在寂静的雪地里走着。他走过火车站，穿过一片树林，走向那堆废墟，那是他想去的地方。他一步一步向废墟走去，步伐是稳健的，他甚至没有去扶一下路边的栏杆，或许是怕碰掉栏杆上洁白的积雪。忽然他身子一斜，仰面倒下，滑行了约两三米，不再起来。若干时间以后，雪地里的瓦尔泽被一只猎狗发觉，接着是附近的农民，然后是整个世界。

---

[1] 1917 年底至 1918 年初，瓦尔泽在将《散步》收入其散文集《湖山》时，做了较大的修改。

一 "失而复得的儿子"

罗伯特·瓦尔泽于1878年4月15日出生在瑞士宁静的小城比尔的一个开文具店的小商人家庭，他的父亲是虔诚的新教基督徒，母亲是温柔丽质的女性，性格多愁善感，瓦尔泽的母亲患有抑郁症，这可能是瓦尔泽家族的遗传性疾病。1894年，瓦尔泽母亲去世，根据瑞士日耳曼学者马特（Peter von Matt）的研究，瓦尔泽对其母亲的依赖性在很大程度上影响到了他的文学创作。瓦尔泽在八个孩子中排行第七，总想从终日操劳的母亲和不苟言笑的父亲那儿多得到一点爱，然而父母似乎并不偏爱罗伯特·瓦尔泽，每当兄弟姐妹中有谁病了，都能得到母亲加倍的疼爱，而瓦尔泽却从不生病，因而得不到那份特殊的怜爱，心里总觉得父母有点嫌弃他。

"夏日的一天，一个小男孩决计试探一下父母对他的爱心。他独自来到池塘边，脱光衣裤，将它们挂在池塘边的小树上，将小凉帽扔进池塘，自己却爬上高高的菩提树，一会儿男孩的姐妹们来池塘边玩耍，看见这一情形，误以为男孩已溺水而亡，大声哭喊，哭报母亲，全家沉浸在悲痛之中。父母悲痛之极，悔恨未给儿子多一点爱怜，若再给一次机会，一定加倍疼爱失去的儿子。男孩在菩提树上看清了这一切，便下得树来，躺在池塘边上，望着蓝天白云，遐想回到母亲怀抱里的温暖。傍晚时分，男孩回到家中，全家人喜出望外，失而复得的儿子受到了父母格外的宠爱……"

然而这个故事并非真人实事，而是瓦尔泽十五岁时写下的第一篇习作中的情节，瓦尔泽将它取名为《池塘·小景》。"失而复得的儿子"的故事出自《新约全书》的《路加福音》第十五章中有关失去的羔羊和失去的儿子的章节，《圣经》中描述了两个儿子，小儿子从父亲那儿要了他的那份财产，出门远游，财空囊尽后回到家中，父亲非但没有责怪他，反而为他杀猪宰羊，盛情款待。大儿子从地里干活回来，看到这一情景，愤愤不平，觉得他替兄弟尽了儿子的责任，却从未得到过父亲的如此厚爱，父亲劝大儿子，你一直在我身边，我的一切都是你的，而你弟弟在我心目中已经死去，失而复得的儿子怎能不让人高兴。在《圣经》中这一故事是为建构基督教伦理而服务的，在于肯定"浪子回头"的价值。

然而瓦尔泽采用这一题材则不是复制《圣经》所表述的公正和宽容，恰恰相反，瓦尔泽着意强调没有失去的儿子同样应当得到爱和公正。这一思想同样体现在瓦尔泽日后创作的散文《失去的儿子的故事》之中。在这篇作品中，瓦尔泽完全采用《圣经》的情节，所不同的是，瓦尔泽利用叙述者来表示自己强烈的倾向性，即对《圣经》中的大儿子寄予同情。在《失去的儿子的故事》中，瓦尔泽将叙述重心移置到大儿子身上，在与失而复得的小儿子得宠的强烈对比下更显出应得宠而未得宠的大儿子的不满情绪。这便是瓦尔泽童年留下的"俄狄浦斯情结"，这点与卡夫卡的父子情结十分相像。在德语文学研究中，瓦尔泽与卡夫卡风格的脉络关系已成定论。卡夫卡也曾经写过一篇取材于《圣经》中失而复得的儿子的短文。德国文学理论家齐默曼（Hans Dieter Zimmermann）在上世纪八十年代曾写过《巴比伦的翻译——论瓦尔泽和卡夫卡》一书，对瓦尔泽和卡夫卡的作品进行过细致地对比研究，齐默曼在这两个作家的创作中看到了瓦尔泽和卡夫卡的文学作品及人格中的相通之处，即将个人的主观感受处理成人的普遍情感，在写作文本的过程中完成从个别到一般的世界观。

1892年，瓦尔泽遵照父命前往比尔，在一家银行当学徒，但他其实内心向往成为一名话剧演艺员，童年时他喜欢看比尔剧院时常上演的席勒不朽之作《强盗》，在席勒的戏剧中，瓦尔泽萌发了对文学的偏爱和对语言的敏锐感觉。1895年瓦尔泽到了德国斯图加特，想在那儿学艺当演艺员，不过这一梦想很快就像肥皂泡似的破灭了，生性内向的瓦尔泽不得不承认自己并不具备表演才华。1896年瓦尔泽正式受苏黎世一家保险公司聘用，不久转入一家银行当职员。这一期间瓦尔泽开始了文学创作，1897—1898年间写下的诗歌《在办公室》就是他当时生活的写照，诗中"月亮是黑夜的伤口/鲜血滴滴竟是满天星"后来成了脍炙人口的诗句。

起初，瓦尔泽只是在伯尔尼的《联盟日报》和慕尼黑著名文学杂志《岛屿》上发表一些散文、小品文和诗歌，后来这些作品分别于1904年和1909年收入《弗利茨·考赫散文集》和《诗歌集》中出版。尽管当时瓦尔泽初出茅庐，但其文学才华得到著名的文学批评家如维德曼（Joseph Victor Widmann）和布莱（Franz Blei）等的青睐，不过此时他只是一名区区文学青年，并未得到大多数读者和图书商的重视。在此期间，瓦尔泽结识了韦德金德（Frank Wedekind）、道腾代（Max Dauthendey）、比尔鲍姆（Otto Julius Bierbaum）等青年维也纳作家，这让他直接体验到了维也纳现代派的文学价值取向。

事业上的失意和生活上的落魄几乎伴随着瓦尔泽的整个创作生涯。直到日后瓦尔泽成为职业作家后，他仍然被这种失意感所困扰。这也许与他的生不逢时有关，因为，同时期的瑞士作家黑塞无论在名望和成就上都盖过了瓦尔泽，他无法走出黑塞的阴影。1904 年，在瓦尔泽的《弗利茨·考赫散文集》出版的同时，黑塞出版了他的成名之作《彼得·卡门青》（一译《乡愁》），尽管黑塞一生非常推崇瓦尔泽，并在 1917 年就在《新苏黎世日报》上大声疾呼："假如像瓦尔泽那样的诗人加入到我们时代的精英中来，那就不会有战争，假如瓦尔泽拥有千万名读者，世界就会安宁得多"[1]。而事实上黑塞已是当时德语文坛的新星，成了苏黎世文学沙龙文人雅士宏论调侃的中心，相比之下瓦尔泽则显得黯然失色，1943 年，瓦尔泽回忆当时的情形时说："苏黎世的读者根

---

[1] 参见 1917 年 11 月 25 日《新苏黎世日报》。

本没有将我的作品放在眼里,他们狂热地追随着黑塞,他们把我看得一钱不值。"瓦尔泽抱怨苏黎世的读者的狭隘,他们只接受黑塞的一种文学方式,排斥其他风格。当时甚至有一位女演员买了一本《弗利茨·考赫散文集》寄还给瓦尔泽,上面写了"要写书先学学德语"之类的讥讽。这也许正好说明了瓦尔泽文学作品的超时代性,犹如处在康定斯基所说的"艺术金字塔"的顶尖,它只能随着时间的推移,方能被后来者所理解。

二 主仆关系

1903 年至 1904 年间,瓦尔泽前往苏黎世近郊威登斯维尔一个叫卡尔·杜布勒的工程师和发明家事务所当帮工,但不久这家事务所就倒闭了。接着的一段时间,瓦尔泽在苏黎世的一个犹太贵夫人家中当侍者,这段经历成了他日后撰写《助手》《唐纳兄妹》等作品的素材。1906 年他应在柏林的哥哥卡尔·瓦尔泽之邀来到德意志帝国首都柏林。卡尔当时已是柏林小有名气的画家，专门为一些书报杂志画插图和舞台布景，卡尔有意让弟弟前来帝国首都，接受世纪文化的熏陶。在那里瓦尔泽曾短期在柏林分离派（Berliner Sezession）艺术家协会当秘书，并有机会结识了著名的出版商费舍尔（Samuel Fischer）和卡西尔（Bruno Cassirer）。然而在柏林的那些日子里，瓦尔泽似乎是局外人，他大多深居简出，小说并没有获得期待中的巨大成功，因此生活上逐渐捉襟见肘，主要靠卡尔的接济度日。他的作品虽然没有被当时大多数读者接受，但获得文学界精英人物如穆齐尔、图霍夫斯基的高度肯定。黑塞和卡夫卡甚至将瓦尔泽视为自己最喜爱的作家。据说瓦尔泽在此期间曾不时受到一位女富豪的资助，在瓦尔泽的传记中，这位女富豪一直是个谜，我们无从了解她的姓名、生平以及她与瓦尔泽的关系。

1905年9月，瓦尔泽曾在柏林的一家仆人学校接受侍者训练，接着他又在上西里西亚的一个贵族宫殿里当过三个月的服务生。这段经历日后出现在他多部文学作品中，本书收入的作品《西蒙》《托波特》都是反映主仆关系的名篇，谦虚和谦卑是瓦尔泽作品的一贯风格，这种风格在长篇日记体小说《雅各布·冯·贡腾》中表现得淋漓尽致。在这部小说中，"现实世界"蜕变成令人无法把握和理解的巨大怪物，这个巨大的怪物则是由读者耳熟能详的日常生活琐事建构而成，但恰恰因为如此而变成一个个难解的谜团。卡夫卡的早期作品也有同样的功能，这样看来，卡夫卡特别喜欢瓦尔泽这个时期的作品也就不难理解了。1913 年，瓦尔泽因文学创作上的失落和接济他的女富豪去世而离开柏林，这样瓦尔泽在柏林前后共生活了七年。这七年是瓦尔泽小说创作的最重要时期，期间他写下了三部著名的长篇小说《助手》《唐纳兄妹》和《雅各布·冯·贡腾》，史称柏林三部曲。这三部小说当年均在布鲁诺·卡西尔出版社得以出版，责任编辑为文学评论家摩根斯坦（Christian Morgenstein）。

除了小说创作，瓦尔泽在柏林期间还写下了许多小品文，在这些小品文中，瓦尔泽不仅游戏语言，而且还塑造了"闲逛者"角色。他从闲逛者视角出发，描写了许多柏林大众聚集地场景，如柏林著名的站立式啤酒广场"阿欣格尔"、游艺场等。值得一提的是，瓦尔泽的长篇小说和小品文在出版之前均发表在当时著名的文学刊物上，或者在这些刊物上连载，如专门刊登话剧剧本和批评的文学周刊《大舞台》、欧洲最古老的文学杂志《新观察》《未来》、文艺月刊《莱茵大地》以及《新苏黎世日报》和魏玛共和国时期重要的文学刊物《新墨丘利》等。

柏林三部曲的共同特点表现在自传性上，因为它们或多或少地反映了瓦尔泽三次当仆人和打零工、做助手的经历。值得注意的是，这三部小说在不同程度上都反映了主仆关系，三部小说的主人公都是以小人物的身份出现的。与塞万提斯《堂吉诃德》中的主仆关系不同，在瓦尔泽的作品中，主仆关系是一种辩证的生活观，它客观地反映了瓦尔泽对人生价值的取向。

从表面上看，瓦尔泽文学作品中的主人公都是小人物，很多都是任人支使的仆人，仆人的职业规范便是绝对的服从，然而对瓦尔泽小说人物的理解却不应停留在这个表象上。首先，瓦尔泽的主仆关系可以从宗教层面上来理解，瓦尔泽是新教徒，他反对将上帝偶像化、反对教会对宗教的教条化、反对教堂取代宗教的倾向。在他看来，无论是受支使的人，还是支使人的人都是上帝的仆人。其次，从哲学辩证法的角度来看，主仆的关系是可以相互转化的，就像黑格尔说过的那样，主与仆是相互依赖的。在自然界，人战胜自然的主人力量同时又在自然的力量面前显得苍白无力。再次，从社会心理学的角度来看，主仆虽然是一种社会关系，是一定的社会存在对个体在群体中的社会位置的限定，但是在心理上主仆关系往往具有逆向性。这三点在瓦尔泽柏林时期的三部小说中是显而易见的。

三　巨大的小世界

"国王其实是叫花子，叫花子有时胜过国王。"瓦尔泽曾想在戏剧舞台上将这一思想传递给贪得无厌的世人，然而他在 1913 年 3 月回到比尔后亲自实践了这一辩证法。他在比尔一家名叫"蓝十字"的简陋旅馆里租了一间房间，在那儿度过了七年时间。在柏林存下的一些钱在第一次世界大战中变成了一堆废纸，这时他只能通过写些小文章维持生计，1914 年夏天，瓦尔泽以莱茵河地区妇女联合会的名义出版了《散文集》，因而获得妇女联合会的莱茵河地区优秀文学家奖。但这笔钱对他来说只是杯水车薪，他马上又陷入窘迫的境地。冬天他竟无钱买煤取暖，只能穿上自己用旧衣服缝制的棉鞋，身上紧紧地裹着1914年秋天在军队服役时穿过的旧军大衣，才能得以继续写作。当他沉浸在文字和想象之中时，他充分地得到了人生的满足。或许他在生活的阴影中得到的比在光明中得到的更多，就像他自己说的那样，在柏林的仆人学校他不只是学会了"如何清洗地毯、如何打扫衣橱，如何将银器擦拭得铮亮、如何接主人的礼帽和大衣，而更多地是学会了将自我变得非常渺小"。将自我变得渺小不仅是瓦尔泽作品中的灵魂，同时也是瓦尔泽一生的生活准则，对于他来说放弃功名便是一种功名，然而当他不得不扮演叫花子的"角色"时，他却并没有像国王那样潇洒。在这段时间里他常常为了一块面包，一块奶酪或一块黄油向女友梅尔美特（Frieda Mermet）低三下四地乞讨。1914年初，瓦尔泽的父亲去世，他的两个兄弟接连死去，一个是死于精神病，另一个也因抑郁症自杀身亡。在柏林的哥哥卡尔虽与瓦尔泽一向关系不错，在柏林时曾给瓦尔泽的许多散文集和小说画过封面和插图，两人在世纪初的柏林分离派舞台上曾热闹过一阵，不过卡尔婚后与弟弟的关系日渐疏远，其原因是卡尔的妻子总是瞧不起这不成器的穷小叔子。随着卡尔的声名鹊起，他们兄弟之间的关系也终于破裂。

1920年11月，瓦尔泽收到苏黎世一个名叫"读书俱乐部"的文学团体一份邀请，请他前去朗读作品。尽管瓦尔泽深知自己不善辞令、朴讷诚笃，一想到要在大庭广众下大声朗读自己的作品就觉得舌头发麻，但他还是答应下来了，毕竟苏黎世是他初出茅庐的地方，在那儿他开始了自己的飘浮生涯和只顾播种、不计收获的文学耕耘。那儿有他一段美好的回忆。然而，这个决定似乎是一个命中注定的错误。瓦尔泽清楚地知道，在文学已经成为消费商品的现代社会，这些商品的制作者若要成功，就必须具备知道如何拍卖自己，因为知道如何拍卖自己才能拍卖自己的产品，但这却不是瓦尔泽的特长。

阿尔卑斯山的初冬早已是一片白雪茫茫了，瓦尔泽带着几页诗歌和散文稿上路了，和往常一样，他喜欢在雪地里漫游。经过几天长途跋涉，瓦尔泽来到了苏黎世。在朗读会之前他反复地练习朗读自己那些其实不适宜朗读的文字，瓦尔泽的文字似乎只能轻轻地吟诵，细细地品位。一旦经人大声朗读，那么蕴藏在字里行间的趣味便会荡然无存。不过现在一切都太晚了，朗读会的主持人找到瓦尔泽，请他试读一番。试读的结果大失主持人之所望。瓦尔泽根本不具备主持人想象中的朗读才华，经过一番争论主持人仍然决定由别人来替瓦尔泽朗读，瓦尔泽则出于酬金的原因只得委曲求全。朗读会的那天晚上，台上宣布瓦尔泽因病不能出席朗读会，而事实上，瓦尔泽像一名普通听众那样，坐在下面和其他听众一起为自己鼓掌。

四 "捉迷藏"

对于瓦尔泽来说，写作具有双重意义，即在用语言表达的同时在语言中隐藏所要表达的东西。但是这种隐藏是一种类似儿童捉迷藏游戏，隐藏的目的最终是为了被寻找、被发现。因此，谈论写作、谈论作家也是瓦尔泽的文学特色之一。本书收入的《有关写作》《意大利小说》《微微的敬意》等都属于这一类。我们可以说，瓦尔泽惯于将自我隐藏在语言的森林之中。在他那种不紧不慢、娓娓道来的节奏中、在纷乱无序的幻觉中、在有悖常理的荒诞不经中、在掩盖得严严实实的"浪漫主义反讽"中来实现他的文学价值观,《雅各布·冯·贡腾》《散步》《西蒙》等作品便是瓦尔泽运用"浪漫主义反讽"的明显例子。这部日记小说可以说是瓦尔泽的人生价值观的自白,不过这个自白只是被"浪漫主义反讽"的外套裹住,不被人轻易察觉罢了。

"浪漫主义反讽"是德国文学理论中的一个术语。这一概念首先由浪漫派理论家施莱格尔提出。它当时指浪漫派文学中貌似严肃正经实际上是"所指"的反面的一种文学话语,自嘲是这种话语的典型特征,这种反讽手法往往具有某种隐喻的性质,是拿破仑占领时期德国文化人爱国情绪的一种宣泄方式。瓦尔泽承袭了这一文学手法,并在现代文学写作中赋予新的哲学含义。瓦尔泽的反讽侧重于自嘲自讽,即板起脸来嘲弄、否定自我。施莱格尔的浪漫主义反讽是在费希特哲学三个主要命题的基础上建构起来的,即"自我设定自身","自我设定非我"及"自我与非我的统一"。施莱格尔的浪漫主义反讽与费希特的哲学一样,通过压抑自我来实现自我。通过夸大自我的弱点和无能从而使理念和现实产生陌生化，施莱格尔的反讽主要产生于自我的生成和自我的否定这两个不断相互运动的过程中。在瓦尔泽那里，反讽则是荒诞的基本定义，他的反讽含义在于绝对地否定自我。与费希特的主观主义哲学不同，瓦尔泽摒弃了在实际上是以主观唯心主义为目的的浪漫主义反讽，在否定主体的过程中建构新的主客观关系。

如果我们把笛卡尔的"我思，故我在"看成是德国唯心主义哲学的出发点，那么瓦尔泽作品中的认识论便是"你在，故我在"。换句话说，瓦尔泽认为自身并非完全是由自我设定的，而是在很大程度上受客观外界决定的。主体之所以是主体，首先是因为客体的存在，在客体的眼里主体无非也是客体。这一思想在本书收入的小品文《致纽扣》《陌生人》中得到了充分地表现。

瓦尔泽对现代德语文学的贡献不仅在于他将平淡的内容提高到纯文学的高度，而且他善于将文学手段变成文学主题，也就是说将语言的"矫揉造作"变成一种美。他作品中的语言像是那茫茫白雪，无声无息、无止无尽地飘落下来，初看，它近似于一种无聊或单调，但转眼那片片雪花在寂静中覆盖了大地，世界变得如此晶莹雪白、如此绚丽多彩。

伯尔尼时期是瓦尔泽文学创作的第二个高峰期，他在1921年至1933年间共写了几部小说和数百篇小品文、杂文。其中著名的长篇小说有1922年完成的《台奥道》和1925年动笔却未能完成的《强盗》。遗憾的是，《台奥道》原稿在辗转于出版社之间遗失，小说《强盗》也未能完稿，只留下了二十四页写得密密麻麻的铅笔手稿。除了1915年出版的散文集《玫瑰》，瓦尔泽在伯尔尼时期的大部分作品当时未能出版。

本书收入的《1926年<日记>残篇》也是这个时期的作品，其生成背景以及写作动机均未能得到确认，瓦尔泽在遗稿以及书信中也未提及这部残稿。估计文稿约于1926年前后生成，因为原始文本用铅笔密写方式写就，纸张为日历纸，其中8个片段仅写在两张日历纸的空白处，可以确认的有一点，瓦尔泽曾企图发表这部作品，因为瓦尔泽将铅笔文稿进行了水笔誊写，文稿经誊写后共53页。尽管如此，但研究界迄今未发现瓦尔泽与外界或出版社做过出版该作品任何努力的痕迹。《日记残篇》主要内容为第一人称叙述者在散步中不断反思自我、生活和作家的写作，其中不乏对瓦尔泽本人写作和作品的反思。这部作品的作者誊写本经约亨·格莱文编辑后于 1967 年问世。此外，现在书店里能看到的几个集子如《强盗／费利克斯》[1]《温柔的字里行间》《当弱者咬紧牙关时》都是上世纪末才整理出版的。

上世纪二十年代中期开始，瓦尔泽的境况越来越糟，他与外界的联系也越来越少。1922 年从死去的哥哥赫尔曼和伯父弗里德里希·瓦尔泽那儿分得的一万五千瑞士法郎已耗尽。经济上的窘迫迫使他经常搬家，常做的只剩下两件事，写没人要的文章和孤独地散步。1925 年以后，瓦尔泽精神失常的症状已经十分明显，曾多次想自杀未获成功，散步时连路人皆说"瓦尔泽得去精神病院了"。尽管瓦尔泽多年来一直否认自己患有精神病，并一直拒绝就医，到了 1929 年初终于被姐姐丽莎说服，自愿来到伯尔尼的瓦尔道精神病院住院治疗。

---

[1] "强盗"为小说，"费利克斯"为剧本轶稿，选自微型手稿《来自铅笔领域，1924-1933》，共 6 卷。译者注

五　融入白雪

　　1933 年，游戏终于结束了。瓦尔泽不再继续在语言的森林中玩"捉迷藏"了，而是转入了比尔黑里绍森林里的精神病院。根据瑞士法律，像瓦尔泽那样的穷人的医疗福利由原籍所在地政府负担，这样瓦尔泽的生活有了保障。尽管赫里萨精神病疗养院院长辛利希森（Otto Hinrichsen）自己也是一名作家，他给瓦尔泽专门提供了一间写作室，让他可以从事文学创作活动，但瓦尔泽仍然放弃了写作。他说自己不是来这里写书的，而是来发疯的，要写书就不来这里了。瓦尔泽过着平静的生活，一种在生活的世界大门之外的生活。每天上午帮助打扫卫生，下午做一些折锡箔纸、糊纸袋信封之类的手工劳动，由于放弃了写作，他已断绝了一切经济来源，只能吃病院里最低档的伙食，但他除了几次自杀的念头外，对生活没有任何苛求，就像他在小品文中写过的那样，人就这么活下去。文坛上对他的褒贬扬抑对他不再具有任何意义，对于瓦尔泽来说，写字的瓦尔泽已不复存在，对一个不存在的人的评价又有什么实际价值呢？瓦尔泽渐渐地被人遗忘了。

只有一个人从1936年起开始寻找瓦尔泽的真实价值，并一直陪伴着瓦尔泽走完生命的旅途，他便是瑞士出版家、作家和文学批评家卡尔·塞里希（Carl Seelig）。塞里希定期去黑里绍精神病院看望瓦尔泽，与他一起散步交谈，日后发表了著名的日记《与罗伯特·瓦尔泽一起散步》，书中记载了他与瓦尔泽持续了二十年的谈话。在那漫长的散步途中，塞里希走入了久已沉默的诗人瓦尔泽的内心，瓦尔泽重新开始倾吐对人生和文学的真知灼见。尽管瓦尔泽看上去是个患精神分裂症的病人，西服的纽扣常常扣错，但他的思维在绝大多数情况下是正常的。塞里希为了使瓦尔泽能改善一些生活，积极奔走为他出版了散文集《巨大的小世界》，并在德语文学界到处征集捐款。黑塞领导的瑞士作家协会也拨款资助，这样才使瓦尔泽避免因交不起精神病院的餐费而被驱逐到贫民救济院去的命运。瓦尔泽姐姐丽莎1944年去世后，塞里希便正式成为瓦尔泽的监护人，并获得了一部分原在丽莎手中的瓦尔泽手稿。瓦尔泽去世后，精神病院将瓦尔泽遗物转交给了塞里希，那是一只旧皮鞋盒，里面装着五百二十六张写满密密麻麻铅笔小字的手稿，这些手稿上的字迹只有一至二毫米，更令人惊奇的是这些手稿竟全部是写在一些废纸上，如车票、日历、卷烟壳等等。1944年至1953年，塞里希整理、收集了瓦尔泽大量原始手稿和散见于报纸、刊物的作品，编辑出版了瓦尔泽《诗歌与散文》（五卷本），并与其他学者一起开始用放大镜破译瓦尔泽的铅笔手稿。1960年塞里希死于车祸，青年学者格莱文博士（Jochen Greven）在瑞士罗伯特·瓦尔泽基金会的支持下继续从事瓦尔泽研究和作品出版工作。在1966年至1975年的九年里，格莱文编撰出版的二十卷《瓦尔泽全集》震惊了欧美文学界，特别是在1985年至2000年的十五年里，瑞士瓦尔泽档案馆的埃希特（Berhard Echte）和毛朗（Werner Morlang）解码并编撰出版了六卷本《来自铅笔领域》。瓦尔泽的这些手稿原件时隔半个多世纪之后重见天日，再次震惊了欧美文学界，也震惊了欧美学术界。

自2008年起，由瑞士国家基金会支持的6部48卷的《罗伯特·瓦尔泽全集学术版》（KWA）编撰工作正在积极推进之中，其中已有20卷问世。此项瑞士国家工程计划将囊括罗伯特·瓦尔泽的全部已发表的和历年新发现的作品、手稿（原件图像复制）、日记、书信及其他文献，并以数码电子和书籍方式奉献给全世界读者。中国的瓦尔泽翻译则尚未真正起步，2002年我翻译了这个集子，这次再版又增添了几篇小品文瓦尔特·本雅明关于瓦尔泽的一篇文章，希望本书的再版能为罗伯特·瓦尔泽在中国的传播略尽绵薄之力。

范捷平
2002年
2023年编订

罗伯特·瓦尔泽[1]

[德] 瓦尔特·本雅明（Walter Benjamin）

人们可以读到罗伯特·瓦尔泽（Robert Walser）的许多作品，但关于他本人却一无所知。从我们中间少数几个知道他的人那里又能了解到多少呢？不过这些人却明白如何正确地去对待外界有关瓦尔泽作品的评论。他们不像愚蠢的小报记者，为了自己出名而把他捧到天上去，而是利用媒体对瓦尔泽的轻蔑以及哗众取宠，来滤取他的灵性和率真。那么波尔

1　Walter Benjamin: Robert Walser, in: Illuminationen. Ausgewählte Schriften 1, Suhrkamp Verlag: Frankfurt am Main 1977, S. 349-352. 此文写于 1929 年。

加[1]（Alfred Polgar）提到的这些"微型作品"究竟有什么神奇呢？究竟有多少希望之蝶在所谓伟大的文学作品紧皱的眉头下躲进了谦逊的小花萼？这点几乎不为世人所知。大多数人根本不会想到，这些微型作品用其温柔带刺的小花点缀了书海报林中的索然无味，这点要归功于波尔加、赫塞尔[2]和瓦尔泽。或许，人们最终甚至会关注到罗伯特·瓦尔泽，因为他们身上少得可怜的文学素养会产生一种冲动，这种冲动告诉他们，那些被他们蔑称为没有内容的东西，恰恰完美地保存了"优雅"和"高贵"的文学形式。这点在罗伯特·瓦尔泽的作品中首先表现为一种非常奇特的、难以描述的漫不经意。阅读瓦尔泽的作品后会得到一个结论：轻描淡写就是分量，随意落笔恰恰是定力。

读懂瓦尔泽并非易事。因为当我们或多或少习惯通过贯穿作品的创作意图来解读文学创作风格之

1　阿尔弗雷德·波尔加（1873－1955），瑞士文学评论家，作家和翻译家。一战后曾生活在柏林，为《柏林日报》和《布拉格日报》撰文。1933年流亡捷克，1940年流亡美国。二战后回苏黎世，为瑞士德语报纸撰写文学评论。

2　弗兰茨·赫塞尔（Franz Hessel，1880－1941），德国作家、翻译家。

谜的时候，呈现在我们眼前的却是一片明显完全没有目的，但又因此而更具魅力的语言荒草地，最起码表面上看是如此。此外，这还是一种随波逐流的语言，它将优美和苦涩的所有形式体现得淋漓尽致。我们说，这只是一种表面上的随意性而已。这常常引发争论，人们争论瓦尔泽的文字是否真的那样随意，但这是一种无声的争论。假如他们注意到瓦尔泽自己说过的话，那么他们就会看到，瓦尔泽在写作过程中从未修改过一个字。当然，我们不必非得相信他，但是知道这点决无坏处，因为人们会因瓦尔泽的坦诚而欣慰。写作及写下的文字一气呵成、一字不改是最大的无目的性，也是一种最高境界的目的性。

话说到这里没有问题，但这肯定无法阻止我们去探索瓦尔泽语言随意性的本源。我们已经说过，他的语言具备所有的形式。在这里我们还要补充一点：只有唯一的例外，也就是一个最普通的原因，它涉及到内容，别无解释。对瓦尔泽来说，如何写作绝对不是一件小事，所有他原先想说的东西均在文学书写的自身意义面前变得毫无意义。也许可以说，书写是至高无上的。这点需要做出解释，要说明这一点就会遇到这位诗人身上一种十分瑞士式的东西——羞涩。我们可以借助一个故事来加以说明：有一天，阿诺德·勃克林[1]（Arnold Böcklin）、他的儿子卡洛[2]（Carlo Böcklin）和戈特弗里德·凯勒（Gottfried Keller）同往常一样，坐在一家饭店里喝酒，他们常常光顾的酒座早就因其主顾而闻名。经过一段很长的沉寂之后，小勃克林说了一句"天气真热"。一刻钟过去后，老勃克林说："没有一丝风。"凯勒沉默了片刻，站起身来就走，说"跟爱唠叨的人一起无法喝酒"。这个故事用夸张的幽默表达出一种农民式的语言羞涩，而这正是瓦尔泽的特点。一当他拿起笔，就被一种绝望的情绪所笼罩，顿时，他似乎忘却了一切，词语就像决堤的潮水汹涌而来，每一句话只有一个任务，就是忘记前一句。当他在精美的小品文中将一句独白"他一定从这空空的小巷里走来"转化成散文语言时，他以传统方式开头："从这空空的小巷"，但绝望和悲哀马上就充满了他的内心，他显得漫无边际、渺小和失落。他接着写道："从这空空的小巷，我想，他一定从这里走来。"

1　瑞士现代画家 (1827—1901)。
2　瑞士现代画家，阿诺德·勃克林之子 (1870—1934)。

这里面肯定有些类似（语言羞涩）的东西。这种少女般的羞涩、充满技法的语言笨拙是一种愚人遗传。如果说波罗尼斯[1]（Polonius）这个所有唠叨鬼的鼻祖是个杂耍大师，那么瓦尔泽则用他酒神般的语言给自己带上绚丽的花环，并将自己彻底摧毁。事实上，他的文学语句就是绚丽的花环图像，而内蕴的思想就像少了一条腿，犹如终日无所事事的流浪汉或者天才，在他的语句后面瘸行，他们像英雄那样栖息在瓦尔泽作品中间。此外，瓦尔泽只能描写"英雄"（主人公）[2]，他无法逃避这些主要人物的命运，他在早期的三部小说中就只做了这件事，目的就是能与他所钟爱的众多流浪汉同生共死。

　　众所周知，在日耳曼文学中有不少如浪荡哥儿那样游手好闲、终日无所事事的流浪者形象。新近被大肆庆祝的克努特·汉姆生[3]（Knut Hamsun）就是塑造这类文学人物的大师，艾兴多夫（Eichendorff）

1　莎士比亚《哈姆雷特》中的人物，丹麦王室总管，奥菲利亚（Ophelia）之父，被哈姆雷特所杀。
2　德语中英雄和主人公为同一词，本雅明用引号强调了这个词的双重意义。
3　挪威作家，诺贝尔文学奖获得者（1859－1952）。

创造了"无用的人",黑贝尔(Johann Peter Hebel)创造了"崇德尔弗里德"(Zundelfrieder),他们也是这方面的高手。那么瓦尔泽笔下的人物是怎样出现在我们这个社会的呢?他们来自何方?"无用人"来自何方我们清楚,他来自德国浪漫的森林和山谷。"崇德尔弗里德"来自18世纪末叶莱茵河流域的城市中热衷于启蒙和革命的小资产阶级。汉姆生的人物来自挪威海湾的史前世界,乡愁把他们引入魔境。那么瓦尔泽的人物呢?也许来自阿尔卑斯雪山?来自他的故乡阿彭策尔高山上的绿草坡?这都没有关系。重要的是,他们来自最为黑暗的夜晚,假如我们愿意,我们可以说,他的人物来自威尼斯的夜晚,微弱的几盏渔火照亮了他们的希冀,眼睛里含着一丝光泽,但局促不安,悲伤得就要落泪。他们的哭泣就是散文。因为抽泣是瓦尔泽喋喋不休的曲调,它给我们揭示了瓦尔泽至爱的源泉。它来自精神错乱,而绝非他处。这些人物曾患过精神病,所以他们浮现在一种撕裂了的、非人性的、固执的表层上。假如我们用一句话来概括他们身上的快乐和恐惧,那么就是:他们已全部被治愈了。当然,我们永远不会知道他们痊愈的过程,除非我们去读他的《白雪公主》——新近文学作品中具有最深刻意义的人物形象之一,那么我们就会理解，为什么这个表面上看所有作家中最为扭曲的瓦尔泽曾是固执的弗朗茨·卡夫卡最钟爱的作家了。

瓦尔泽的故事不同寻常地温柔，这点人人都明白，但不是每个人都能看到，在瓦尔泽的作品中没有颓废的神经紧张，只有生活痊愈后纯粹和活跃的情绪。在瓦尔泽的作品中，我们看到他在跟弗朗茨·莫尔（Franz Moor）的一次对话中说过："我或许会在这个世界上成功。我感到震惊，自己竟然会有这样的想法。"瓦尔泽笔下的所有人物都会有这样的震惊，为什么呢？肯定不是因为对世界的恐惧，也不是出于社会伦理方面的怨恨或某种激情，而是完全出于伊壁鸠鲁主义的原因。这些人物在享受自我，在此同时表现出极不寻常的手法和技巧。他们有一种非同寻常的高贵、一种非同寻常的权利，因为没有人比痊愈的病人更有权利享受。对瓦尔泽来说，放荡和纵欲是陌生的：他身上新鲜血液的涌流似乎是小溪潺潺，唇边的清纯空气来自树梢，瓦尔泽作品中的主人公用童话人物来传达这种童贞与高贵，并让它们浮现在黑夜、精神错乱之中，也就是浮现在神话之中。人们一般认为，这通常会发生在富有积极意义的宗教之中。假如确实如此的话，那么它的形式一定不会是非常简单和单一的，其形式应该在大量的、非宗教性的神话故事中去寻找，其中包括童话。当然，童话人物与瓦尔泽作品中的人物不尽相同。瓦尔泽的人物都在抗争，试图从痛苦中获得自我救赎。瓦尔泽的起点正是童话终结的地方。瓦尔泽说："他们如果不死去的话，那么他们今天还活着。"瓦尔泽展示的是他们究竟是怎样活着的。这是瓦尔泽的事情。这里，我想以他开始的方式结束：瓦尔泽的作品是故事、小品文、诗歌和散文及其他类似的东西。

范捷平　译

新版序
二十年后的再一次《散步》

我自上世纪八十年代末开始接触到瑞士著名作家罗伯特·瓦尔泽以来,不觉间已过了三十余个春秋。二战结束后,德语文学中有许多重要作家被世人重新发现,卡夫卡、穆齐尔、茨威格和罗伯特·瓦尔泽便属其中。当时我在德国柏林读博,导师齐默曼(Hans Dieter Zimmermann)不仅是罗伯特·瓦尔泽研究专家,而且也是德国诗人和著名日耳曼学者瓦尔特·赫勒拉(Walter Höllerer)的学生,而赫勒拉则是德国学界战后重新发掘罗伯特·瓦尔泽的重要学者之一。我也因此而开启了罗伯特·瓦尔泽翻译研究之路。

2002 年,我的罗伯特·瓦尔泽首个中文译文《散步》在上海译文出版社问世，虽译笔笨拙，却也承蒙瑞士文化基金会（Pro Helvetia）的首肯与支持。之后中国的罗伯特·瓦尔泽研究虽断断续续，却延绵不绝。直至近年，国内瓦尔泽研究者开始逐渐增多，以他为研究对象的硕士、博士论文也开始出现。随之，市面上罗伯特·瓦尔泽的译本也多了起来，这让我感到由衷地欣慰，因为我深信黑塞一百年前的预言"如果瓦尔泽拥有千百万个读者，这个世界就会平和得多"。

拙译《散步》出版距今已逾 21 年。2023 年初，北京字句文化的苏远编辑跟我联系，问我是否愿意再版《散步》，我自然随即允诺，一则因译本过去很多年，许多文字和表述需要修订，同时也因这些年对瓦尔泽的研究涉及到对文本的理解，有些内容需要重译。二则因为期间我增译了几篇小品文，亦将瓦尔特·本雅明唯一的评论文章《罗伯特·瓦尔泽》译出，想一并借机以飨读者。字句建议将原版中的日记小说《雅各布·冯·贡腾》与其他小说、散文、小品文分开出版，我欣然从命。

这次再版的集子之所以还称其为"散步"是因为《散步》是瓦尔泽生前发表的三部柏林小说之外

最重要的叙事长篇叙事作品，也是瓦尔泽生前销量最好的一部文学作品，有研究称，这部作品1917年5月出版后印数为3600册，同年9月又增印3000册，次年8月又再次增印5000册，这在当年可以算作不错的成就了。这部叙事散文一经发表，便在评论界获得很好的反响，瑞士著名文艺评论家考罗迪（Eduard Korrodi）1917年7月4日在《新苏黎世报》上发表评论文章，称这是罗伯特·瓦尔泽最精彩的一部散文叙事作品。需要说明的是，瓦尔泽在增印时对原版做了修订，尤其是1918年增印的那一次。瓦尔泽二十卷本出版人格莱文认为，《散步》的修订版语言凝练，比原文更加紧凑了。《散步》英印本译者苏珊·本恩诺夫斯基（Susan Bernofsky）在修订版英文翻译后言明，两个版本的差异既大又小。故事和情节没有任何变化，但修改后的版本写作者与散步者之间的差距明显地缩小了。本次收入的《散步》仍然采用1917年原始版本，以保持作品的原貌。我期待有机会译出《散步》的修订版。

《散步》属于20世纪西方现代主义文学的"门槛"作品，它的一只脚留在传统文学中，另一只脚跨进了现代主义。这部作品用自我反讽叙事、割裂式和突然情节反转、瞬间美学等元素对当时流行的中篇小说（Novelle）进行了颠覆，读者视角、作者融入文本以及元叙事都在文本中有所体现。

仆人、写字生、学生、打工者等小人物与社会及命运的抗争是瓦尔泽文学的主题。本书收入的作品《西蒙》《托波特》是瓦尔泽柏林时期反映主仆关系的名篇。瓦尔泽在接受司汤达、塞万提斯和陀思妥耶夫斯基的文学中受到了"仆人"文学的影响，陀思妥耶夫斯基文学中人物从屈尊、自卑中获得自身价值的意识对瓦尔泽的主仆关系书写影响尤其深刻，而《西蒙》中主人公西蒙与贵族夫人的爱情故事则可视为瓦尔泽对司汤达的戏仿。西蒙是瓦尔泽塑造的一个仆人形象，在1903年和1904年写下的《西蒙——一则爱情故事》《西蒙》和1907年发表的小说《唐纳兄妹》中，西蒙这个人物均体现了无所事事、一事无成和追求精神自由的仆人形象，就像格莱文所说的那样，"西蒙是一个寻觅者、等待者、希冀者，也是一个梦游者"。

托波特也是瓦尔泽文学作品中的一个仆人形象，他出现在瓦尔泽的短戏剧剧本《托波特》（1913）《托波特生涯》（1915）、本书收入的散文小说《托波特》

（1917）以及轶失小说《托波特》（1918）等中。"托波特"这个人物最早出现在瓦尔泽 1912 年写下的一些草稿中，瓦尔泽在本书收入的《陌生人》（1912）中提及了"托波特"这个文学人物的诞生："这个名字我是在半睡眠半清醒中偶然想出来的"，与"西蒙"、《雅各布·冯·贡腾》中的雅各布、《助手》中的约瑟夫一样，这些文学形象其实就是瓦尔泽掩饰自我的一个文学面具。

《1926 年〈日记〉残篇》的写作动机和具体时间已无从考证，研究者推断约在 1926 年瓦尔泽的伯尔尼时期。目前可以确定的是手稿写在 1926 年的日历纸上，为微型的铅笔字草稿。现有文本为 1967 年出版，收入瓦尔泽全集第 18 卷《温柔的字里行间》。这部作品与《强盗》手稿一样，都是瓦尔泽对自身的作家生存状态的反思，反映了一个失败的作家、无所事事的城市闲逛者的文学创作态度。诗人—自我—叙事者三者杂糅、自我虚构和自传的互文性是这部作品的艺术特征，指涉文中的虚构作家与瓦尔泽本人通过为报纸的文艺副刊写作卖文为生的窘迫状况。

这次再版，新收入了《一个什么都无所谓的人》《音乐》《在办公室》《微微的敬意》等小品文和诗歌，其中后者源于我 2013 年参加的一次学术活动。当时，瑞士罗伯特·瓦尔泽中心组织全球瓦尔泽译者在伯尔尼做学术研讨，著名瓦尔泽专家，洛桑大学教授彼得·乌茨（Peter Utz）给全体与会者布置了一个作业，用各种文字翻译《微微的敬意》，于是就有个这篇译文。《一个什么都无所谓的人》是小品文《灯、纸和手套》中的一个小片段，如今"宾格利"已成为德语国家家喻户晓的人物。这篇小品文和《致纽扣》《致火炉》一样，都是瓦尔泽"物"叙事的代表作，人的物化和物的人格化在这部作品中表现的尤为突出。《在办公室》是瓦尔泽对银行小职员生涯的诗歌写照，他的诗句"月亮是黑夜的伤口／滴滴血竟是满天星。"脍炙人口，我在应瑞士罗伯特·瓦尔泽中心之邀撰写《维基百科辞典》中"罗伯特·瓦尔泽"中文版词条时，对这首诗进行了重译，这次也一并收入。

值此瓦尔泽《散步》小品文集子再版之际，谨对字句苏远及其编辑团队的辛勤校阅表示诚挚的谢意。

范捷平
2023 年 12 月 16 日
于杭州荀庄

散步[1]

我现在开讲:一天上午,天高气爽,我不确切是几点钟,因为我散步的热情油然而生,于是我

---

1 《散步》有两个版本,第一个版本为原始版(1917)。1916 年 8 月,瓦尔泽应瑞士弗劳恩菲尔德的胡贝尔出版社(Verlag Huber & Co.)写一篇八十页左右的散文,当年 9 月,瓦尔泽向出版社提供了《散步》初稿,1917 年春,《散步》以单行本印刷发行,印数 3600 册。1917 年 6 月 4 日,《新苏黎世报》文学专栏著名批评家考罗蒂(Eduard Korrodi)做出评价:"瓦尔泽奉献了一部令人愉悦、小小的杰作……"原始版真实反映了瓦尔泽窘迫的生存状态及在作品上的风格影响,也客观地体现了瓦尔泽"随波逐流,一气呵成,一字不改"的创作特点以及"无目的性"中蕴含的"最高境界的目的性"(本雅明)。本文按原始版译出。1917 年底至 1918 年初,瓦尔泽为将此文收入散文集《湖地》(1920),对原始版进行了修改,修改后的同名散文呈现出较为严谨、节奏感鲜明的经典风格。

戴上礼帽，离开写字台或者说我的精神世界，从楼上拾阶而下，来到大街之上。哦，我还可以加上一句，在楼梯间里，我碰见了一个女人，她看上去有点像西班牙女郎，又有点像秘鲁女郎，也有点像克利奥[1]女郎，流露出一种略显苍白，但又带有一丝王族遗韵的味道。尽管如此，我还是坚决禁止自己与这巴西女郎或诸如此类的女人进行任何搭讪，哪怕只是短短两秒钟，其原因是我不能因此而白白浪费时间和空间。不过，趁我今天还没忘了这些事情的时候，都把它写下来。我来到楼下宽阔明亮、充满欢快的马路上，此刻，我的心中充满了浪漫历险的豪情，我由衷地感到幸福。

眼前是一片黎明景象，如此绚丽，就像我这辈子第一次领略到似的。我所看到的一切，都给我留下友好、善良和青春的美好印象。顿时，我忘记了刚才在楼上写字间里，趴在空白稿纸前绞尽脑汁的痛苦折磨，所有的悲哀、痛楚和一切沉重的思考，蓦然间如烟飞云散，尽管现在我还能察觉得到，刚才写作时的一本正经，犹如一缕余音，仍然袅绕在我

---

1 在南美洲，"克里奥人"通常指那些与西班牙人通婚后的混血儿后裔，以此称呼将其与正统欧洲西班牙人加以区别。

的身前身后。

我怀着愉悦的心情期待着在散步中可能获得的一切印象或者各种遭遇。我的步伐均匀稳健，据我所知，我这样往前走，一定会领略到许多令人尊敬的人物。此外，我喜欢在他人的眼皮子底下掩饰我的真实感受，同时又竭力不让别人察觉到，我是在小心翼翼地掩饰那些在我看来错误至极，或者极其愚蠢的东西。还没走出三二十步，我就到了一个熙熙攘攘的大广场。这不，梅利教授朝我迎面走来，此人好像在所有领域里都显得能量无限似的。梅利教授迈着严肃、庄重的步伐走来，手上拿着一根文明棍，它象征着百折不挠的科学精神，如同无坚不摧的绝对权威，我内心油然生出一种既令人生怯，又无比敬畏、无限崇拜的感觉。梅利教授长着一个尖尖的、严厉且不容人分辨的鹰钩式鼻子，或者说是秃鹫鼻子；他的嘴部线条像是被严格精准勾勒出来似的，那种著名学者特有的走路姿势本身就像一部庄严的法典；世界史和早已黯淡失色的历史事件在梅利教授坚毅的、躲藏在那两撇浓密的眉毛下面的眼睛里闪闪烁烁。梅利教授头上那顶礼帽犹如统治者头上的皇冠，难以撼动。大凡隐藏在幕后的统治者往往是最高傲和最铁腕的。不过总体说来，梅利教授的举止相当儒雅，就好像他根本没有任何必要引起任何人注意，他象征着多少权力和分量似的。尽管他的外形给人一种庄严冷峻的印象，但是对我来说，他仍然十分和蔼可亲，因为，我权且对自己说，那种不以甜蜜可爱而取胜的微笑，往往才是真实可靠的。大家都知道，这世界上有许多好话说尽的坏人，他们有极其恶劣的天赋，能够坏事做绝，还真诚无邪地微笑。

　　我嗅到书店和书店老板的气息，但同时也如同我预感到和察觉到的那样，急切地需要描述一下华丽的金字招牌下的面包店，不过在这之前，我还得先提一笔牧师或者教士。一个肥头肥脑、憨态可掬的药剂师，骑着自行车从散步者边上，也就是说，从本叙述者边上擦身而过，同时骑车而来的还有一个军医。一个谦逊的步行者不能不在此提一笔，因为他的眼神里透出请我代笔的恳求。这是个靠卖旧货和收集灯具发了横财的家伙。男孩儿、女孩儿在阳光下无拘无束地尽情追逐打闹。就让他们无拘无束吧，我想，"年龄终将会去管束他们的，可惜孩子们总是太早地受到约束"。一条狗在井边欢快地嬉水。我好像听到蓝天中燕语声声。两个漂亮女人身着超短裙,脚蹬高过膝盖的彩色长筒靴,百媚千娇,希望自己比任何东西都惹人注目。两顶夏日的男士草编礼帽也同样引人注目。有关草编礼帽的问题是这样的:我突然在明亮柔和的空气中看到这两顶帽子,以及在这两顶帽子下面的绅士,他们很有礼节地微微掀动或挥挥他们头上的帽子,好像在相互问候早上好。在这种礼仪举止上,帽子本身比帽子的主人显得更为重要。另外提一句,读者对笔者是宽容的,总是要求作者不要有多余的冷嘲热讽,企望笔者能够保持严肃。希望笔者现在能够彻底明白读者的这片好心。

一家富丽堂皇、规模恢弘的书店跃入我的眼帘,使我内心产生了某种一定要去光顾一下的欲望和热情,所以我没有片刻犹豫,马上抖出一些斯文,走进店去。哦,对了,同时我还斗胆设想自己是个比学校的都督、出版社的大编辑、豪爽的藏书家或者图书行家们更受书店欢迎的顾客,我的风度似乎更像腰缠万贯的富豪。我非常有礼貌地、用极谨慎的语调和无比文雅的辞藻打听高雅文学方面的最新出版的书籍:"请允许我……"我用腼腆和胆怯的语调问道,"……打听一下,我是否能有幸了解并且欣赏到当下格调最高雅、最严肃,同时自然也最受读者青睐和认可,并且销路最好的文学作品?假如您能够有一丝耐心,就请您劳神给我推荐一下您认为当今最好的文学作品,我将会对您不胜感激,因为完全可以肯定,这里除您之外,没有任何人能做到这一点。劳您大驾,请您给我推荐一些既让读者倾倒,同时又在常让作家们饱受惊恐的文学评论界获得赞誉、能让人心旷神怡的文学作品。您也许根本不能想象,我是多么急切地想知道,就在眼前那一大堆雄文大作里,究竟哪本最值得一读,究竟哪本著作,只要我瞥上一眼,就会让我像我现在最热切地企望一样,带着愉悦的心情,成为最幸福的买主。我有一种迫切的渴望,想要认识当今高雅文学世界的大师,拜读他在海啸般欢呼中诞生的巨作,正如我所说的,这种购书的渴望令我全身陶醉。我恳求您,请给我推荐这样的一本巨作,这样的话,兴许我全部的欲望都会得到满足,我的心灵会得到一丝安宁。"书店老板说:"非常愿意为您效劳。"他话音未落,便消失在饥渴的顾客视野之外,又以同样的速度出现在顾客眼前,并且手中确实拿着一本货真价实的畅销书。他小心翼翼地捧出这份珍贵的精神食粮，就好像捧出一部圣典。此刻，书店老板的脸部表情近乎虔诚，流露出无限崇敬的样子，嘴角挂着一丝微笑，就是那种只有最虔诚的信徒才会流露出来的微笑。他以极其友好的方式把书放在我面前。我向书瞥了一眼，问：

"您能保证这是今年最畅销的？"
"毫无疑问。"
"您能说这是人人必读的？"
"正是如此。"
"这本书真的这么好？"
"您看，您的问题完全是多余的，也是不合适的。"

"非常感谢您。"我一边冷酷地说，一边把那本据说是最畅销、人人必读的巨著放下，我想还是让它待在原处为好。接着我不置一词，拂袖而去，身后传来的自然是书店老板那一串串"无知啊无知！"的怨言。显然，书店老板受了极大的委屈。我让老板在那儿嚷嚷，却径自信步出得店来，旋即来到隔壁的一家装潢华丽的银行，有关我在这家银行的遭遇且待我慢慢叙来。

在此，我必须得首先说明一点，我只是想了解一下某些股票的可靠信息。或者我想私下对自己说，散步时顺便去银行转转，无非是了解行情罢了。再说，以喁喁细语的方式同银行职员谈话，也显得非常高雅和风度翩翩。

"您亲临鄙行使我们万分荣幸。"柜台后面一个高度认真负责的职员用极其诚恳的语调迎接我。他带着一种接近幽默，不过总的说来非常友好的微笑接着说：

"就像我所说的那样，您亲临鄙行使我们万分荣幸，我们刚才还想写信恭请您光顾商谈，现在您来得正好。我要亲口告诉您一个喜讯，我们受一个专门积善行德的妇女协会或妇女团体的委托，哦，您显然是熟悉和极其尊敬这些女士的，给您一个

一千瑞士法郎整

的惊喜，也就是说，这回我们不是在您的账户上扣钱，而是恰恰相反，我们要让您欢天喜地地得到这笔钱。在此，鄙行特此郑重向您申明，将这笔

钱交付于您，并请您用脑子记住这笔账，或者记在您觉得合适的其他任何地方都行。我们认为，您肯定会对此感到满意的。因为对不起，恕我直言，您给我们这样一个印象，请允许我们这样说，您几乎非常清楚地告诉我们：您实在太需要这份精美的大自然的馈赠了。这笔钱从今天起就由您支配，可以看出，就在此刻，一股强烈的喜悦像花朵一样在您脸上绽开，您的双眼顿时变得炯炯有神，您的嘴角此时已露出笑容，可以推测，您已经很长时间没有用这张嘴笑过了，因为日常生活的窘迫禁止您做诸如此类的嘴部运动，也许，您很久以来一直心情抑郁，满脑子的烦恼和忧愁让你额头布满了不散的阴霾。现在该您高兴了，搓搓手吧，您是幸运的，世界上还有那么些高贵的、令人尊敬的女施主，她们会想到，救人之急、解人之难是何等高尚的品德，她们会想到，一个贫穷潦倒、一事无成的作家是多么需要她们的资助（这不会错吧，您不就是这样一个人？）。我们热烈地祝贺您，不想竟然有这样的事实，有人会纡尊降贵想到您，看来这个世界上不是所有人都对倍受歧视的落泊文人不屑一顾的。"

"我想，至于这笔从好心肠的美人们那里得来的捐款，"我接着说，"还是放在您这儿的为好，这样这笔款就万无一失了，您这里不有的是防火、防盗、永久存放金银宝藏的保险柜吗？此外，您还会付我利息呢。我是否可以请您给我开一张收据？我想，我应该有权随时按需从这笔巨款中支取小额钱款，但请允许我提醒您，我是个省吃俭用的人。我会像所有朴实、目的明确的人一样来花这笔施舍的。换句话说，对这笔钱我会特别精打细算。至于那些资助我的贵妇们，我自然只能用规规矩矩的作品来加倍感谢了，我想，这点我明天早上就会付诸实施的。您刚才的揣测，我是个穷光蛋，着实是基于聪明和正确的观察之上的。不过，其实我自己知道我知道什么，并且我知道我自己是最知道我自己的，这也就足矣。外表常常只是假象，我的先生。您若要去评价一个人，大概最好还是把这件事情留给他本人去做。没有人能比一个见多识广、阅历丰富的人更了解他自己的了。不过话说回来，我自己近来似在云里雾里，有点晕头转向，常常觉得活得憋屈。其实我想，这是挣扎，挺好的。人不应当只因欢乐、享受而自豪。只有英勇顽强的拼搏，忍耐痛苦才是灵魂深处的自豪，才是真正的欢乐。不过有关这些道理还是少说为好。在这种品格高尚的人中间，又有谁在生活中会左右逢源？又有谁在人生旅途中所抱有的希冀、计划和梦想不遭破灭？灵魂的渴望、大胆的愿景、对幸福的甜蜜想象又在何处能够十全十美地得以实现？"

就这样，一千瑞士法郎的汇票在我手上转了一圈后，又回到银行职员手中，没有人像我那样，老老实实的存钱和管账，我接钱存钱，心里乐滋滋的，就这样神奇地从天上掉下来一笔财富，我跑出富丽堂皇的银行大厅，回到清新的空气里，继续散步。

在这里我想插进些别的事情，希望读者能允许我这样做（因为我这会儿想不起什么特别新鲜的事儿）。埃比太太的那张盛情友好的邀请卡还在我兜里揣着呢，邀请卡上写着，请我十二点半准时出席一顿并不丰盛的午餐。我决定遵循邀请卡上的请求，按那个褒贬不一的埃比太太给出的时间，准时在那儿露面。

亲爱且宽宏大量的读者，请你们竭尽全力，孜孜不倦地与本文书写者，即这些字句的创造发明者一起，走进那晨光明媚的世界，切不要急急忙忙，而是带着十二分的悠闲。这样，我俩就带着那份冷静的审视和安宁来到开头提到过的那家挂着金字招牌的面包店。这家店的店面把我们吸引到它跟前,我们惊讶地驻足,因为我们悲伤地看到,这店面竟然被装饰得如此粗俗浮夸、一幅原本可与美丽乡村风景浑然一体的图画竟被糟蹋得如此平庸。

我脱口而出:"真是可恶!哦,我的上帝,一个真诚的人难道能够允许用镀金镶银的装饰、能够允许自私贪婪、赤裸裸的金钱欲和完全荒芜的灵魂来任意糟蹋我们现在所处的环境?一个平平常常、老实巴交的面包师真的有必要如此大肆张扬?难道真的要用那些荒唐的金银铜臭把自己打扮成王公贵族,或像矫揉造作、涂脂抹粉的贵妇人似的,好在阳光下闪烁其辉?这家店老板可不就是一个平平常常揉面团、烤面包的?!我们已经开始在一个斑驳陆离、荒诞不经的世界里生活,或者我们早已开始了这样的生活,我们周围的人们、邻居们、公共舆论不仅容忍这些,而且甚至非常不幸地对此大加赞誉,这是对每一种德行,比如善良、理智、美和公正的玷污。做面包的把自己打扮成这么可笑的样子,真是一种病态。他好像在一百米开外,甚至更远,就朝着原本很纯净的空气里大声地呼喊:'我是如此如此这般这般的!我有如此如此多的钱!我可以吹牛说大话,我厚着脸皮让大家都关注我，没错，我虽然是个无赖、白痴，是个既没有品位又丑陋无比的大傻瓜，但是谁也不能禁止我当无赖、当白痴、当傻瓜。'那金光闪闪、故作炫耀，看上去令人发呕的招牌字与面包究竟有什么关联？它们之间不会有说得上来的血亲关系吧？绝对没有！但是在这个世界上，卑鄙的自吹自擂，以及使劲往自己脸上贴金的事儿，在任何时候、任何角落你都能碰到，都能见着，虚伪就像人人咒诅的洪水那样到处泛滥，带着秽物、污泥浊水和愚昧无知滚滚而来，像要淹没整个世界，这同时也吞没了这位虚荣的面包师，败坏了他与生俱来、脚踏实地的德行，把原来很好的面包味儿弄得一团糟。假如我能够让面包店恢复脚踏实地的传统，放弃华而不实，重新回到老老实实做买卖的正道上来，兢兢业业，不务空名，那即便是砍下我的左膀右腿，我也在所不辞，那样面包店也许能重新给国家和人民带来诚信和淳朴。令所有人失望的是，人们失去这些已经有年头了。现在人们都在苦苦地寻求，怎样才能抬高自己、标榜自己，嗨，让这种可悲的念头去见鬼吧！真正的灾难是战争危险、死亡、贫穷、仇恨和伤痕，它们正在这个地球上蔓延，所有的现实都戴上了这张令人生厌的面具：罪恶和丑陋。对于我来说，工匠就是工匠，不是绅士，市井婆娘怎么也成不了贵妇人。而今天，所有的东西都在炫耀自己、都要新、要优雅、要漂亮，人人都想当绅士、当贵妇人，真是恶心至极。不过也许过一段时间又会另外一番光景了，我希望如此。"

接下来就像你马上就会见到的那样，我将对我自己装腔作势的抛头露面和矫揉造作进行严厉的自我检讨，我要检讨我是如何炫耀自己的。严于利人、宽于待己，对他人总是无情地批评指责，对自己则轻描淡写地带过，这似乎也不合适。只会批评别人的批评家算不了真正的批评家，作家应该有点职业道德，不能由着自己性子瞎写。我希望我的话有点道理，大家都喜欢听，并且能够引起大家热烈的掌声。

风景如画的马路左边有一家铸铁坊，里面工人们忙忙碌碌、喧喧嚷嚷，人们在那儿勤奋地干活，十分引人注目。看到这种场景，我内心非常惭愧，工人们在流汗，在劳动，而我只是独自散步或者闲逛。当然，我好像一般只是在工人们下了班、回家休息之后，才开始干活的。

一个装配工，我当年在英勇的国民自卫队134

连3排的弟兄，骑着自行车迎面而来，顺便朝我大喊了一句："你看，兄弟，你又在大白天闲逛了！"我笑着同他打招呼，并且十分谦逊、友好地承认，假如那家伙真的认为我是在大白天里闲逛，那么他是对的。

"大家都来看吧，我在这儿闲逛。"我平心静气地一边想，一边继续散步，我绝对不会让自己因为大白天散步被当众逮住而感到一丝一毫的恼火，要是恼火那才是真的傻呢。

我不得不老实承认，我身上穿着一件浅黄色的、别人送我的英格兰西服，看上去像大英帝国的绅士，或者像庄园主，或者像一个悠闲地在公园里散步的伯爵，尽管我散步的那条路，其实只是一条既不算城郊马路，又不算乡间的土路，简单得毫不起眼，更谈不上什么漂亮的公园。有关我散步的地点，就像我先前已经作了暗示那样，说那儿漂亮得有点像公园，那我在这里得悄悄地收回我所造成的错觉，其原因很简单，所有造成那种我在公园里散步的错觉都是我凭空想象出来的，在这里完全与事实不符。大大小小的工厂、机器作坊，毫无规则地散布在绿色原野之中。肥沃茂盛的农业与轰轰烈烈的工业友好地相兼并存，而工业总显得破败。核桃树、李树、桃子树赋予这柔软蜿蜒的道路以轻松愉快、柔情万分的醉人景色。一条小狗横卧在马路中间,我觉得漂亮极了,我喜爱它,但我最喜欢的是眼下变得越来越绚丽的一片火红色。另一个孩子和狗的优美小景大约如此:一条滑稽、但不失幽默的大狗静静地窥视着一个小男孩,那狗并没有咄咄逼人,小孩儿蹲在房子的台阶上,见到那狗在注意他,却不懂狗友好亲昵的愿望,反倒被那狗原本生就凶相吓得大声地啼哭起来。我觉得这场景十分有趣。不过路那头小孩们上演的一幕更加惹人喜爱:两个年龄很小的孩子兀自躺在遍地尘土的路面上,好像躺在花园草地上似的,其中一个对另一个孩子说:"给我一个吻。"这孩子按照同伴急切的要求做了,接着第一个孩子就说:"现在你可以从地上起来了。"就好像没有这甜蜜的一吻就不允许从地上起来似的。"这天真、可爱的情景与那蓝天是多么和谐,那蓝蓝的天空朝着柔和阳光下快乐的大地投来神一般的微笑!"我默默地对自己说:"孩子是天使,他们总是与那蓝天一样透明无瑕。一旦他们长大成人,蓝天就从他们身上消失了,他们的童稚就会变成枯燥、尔虞我诈,他们就会掉进成年人无聊世界观的俗套里去。对穷人家的孩子来说,夏日里满世界灰沙的街道就是他们游戏的场所，要不你让他们去哪儿玩？那些花园都是私人的，他们进不去。哦，飞驰而来的汽车！那铁家伙冷酷无情、粗暴狂野地闯入孩子们的游戏、驶入孩子们的蓝天，无辜的孩子们面临被碾压的危险。我简直不敢去想孩子若真的被那不可一世的汽车撞倒那恐怖的一刹那，不然愤怒就会让我的语言变得粗俗，而我们知道，粗鲁的话是不能轻易出口的。"

对那些坐在轿车里飞驰而过、屁股后面扬起一片尘土的人，我总是怒目以对，他们别想看我的好脸色。他们或许会想，我是什么交通督管，或者是便衣交通警察，上面派下来督查交通情况的，专门来记录他们的车牌号码，事后给他们登记在案。我常常是阴沉着脸，注视着那汽车轮子、整辆车，而根本不屑那些坐在车上的人，我鄙视他们。不过，我绝对不是具体针对某某人，这只不过是我的原则罢了，因为我始终不明白，也永远不会明白，坐在车上，从我们这个地球上所有的美好景色边上一闪而过会有什么快感？就好像得了癫狂症似的，必须要狂奔飞跑才不会痛苦。事实上，我喜爱安静和所有宁静的事物。我喜爱勤俭，喜爱适度，我从内心深处厌恶所有的急躁和慌乱。还要再实在的大实话我就不必说了。不过，就凭我这几句大实话，汽车绝对不会因此而停开，空气也不会因此而干净起来，人特不爱闻的那臭气也不会因此而停止，不再继续臭下去，尽管鼻子喜欢闻什么味道，有时得根据各人的心情而定，不能一概而论，但你硬要那鼻子兴高采烈地去爱闻那些人鼻子原本不爱闻的味道，那是违反自然规律的。好了，对这些不愉快的事就说到这里吧。现在继续散步。用双脚走路极其传统，却既简单又无比美好，散步的前提当然是鞋子或者靴子要合脚、质地要好。

尊敬的女士们、先生们、我高贵的施主、亲爱的读者，你们是否能大发慈悲之心，接受并原谅我斗胆动用雕琢华丽、洋洋得意式的辞藻？你们能不能宽容我先来介绍两个特别重要的人物角色，或者说人物形象？也就是说，我先来描述，或者说首先推出一位女士，一开始我错把她当成演员了。然后，不知你们是否能够容忍我接着介绍一位豆蔻初开、正在冉冉升起的女歌星？我个人认为这两个人物极其关键，所以我从一开始就坚信，在她们真的登台表演、展示身段之前，就必须得先给您报个幕。这样，两位女士还未真的出场，她俩的名望殊誉如同盈袖暗香便已早早地扑面而来，一旦她们上了台，亮了相，便能博得观众的满堂喝彩和百般爱恋，以我的拙见，人们几乎无法不对这两位女士五体投地般地认可。大约十二点半左右，各位已经知道，本文的作者将在埃比太太的宫殿或府上饱餐一顿，那顿饭将是对本文作者诸多辛劳的褒奖。不过距那顿饭还有一段漫长的路要走，他还得先在字里行间徜徉一阵呢。也许诸位已经充分地了解到了，他喜欢散步并不亚于喜欢写字，坦然地说，写字这一爱好与散步相比似乎还略逊分毫。

在毗邻街道的一座漂亮、干净的小房子前面，我看见一个风韵多姿的女人坐在长椅上，我一见到她，便斗胆上前搭讪。我尽量动用以下斯文和友好的辞藻：

"假如我，一个您完全陌生的男人，在您友好和善的目光纵容之下，非常好奇、非常冒昧地有一句话到了嘴边，就脱口而出了，那还敬请您多多包涵。我想冒昧地问问您，您是否曾经当过演员？因为您看上去像曾是倍受观众爱戴、红极一时的演员和舞台艺术家。您肯定有千百条理由，马上对我这些冒昧的莽撞表示出惊讶，但您有一张如此漂亮的脸庞，您的脸长得如此舒服、如此恬美，我不得不补充一句，您身上的一切都如此有韵味。您身材苗条、高贵，您用那么宁静的目光眺望着远方，看着我，甚至似乎要把这个世界看透，在这样的眼神下，我无法克制自己，我做不到不斗胆地对您说几句恭维话就这么从您身边走过。我希望您千万不要见怪，尽管我已经十分担心，我将要对我的冒失和莽撞受到应有的惩罚。当您进入我眼帘的时候，我突然想到，您当年一定是个舞台明星，而现在，您独自坐在极其平常，但十分美丽的街道边上，坐在一家小小的商铺门口，我甚至觉得，您现在是这家小店的老板娘。也许在这座小城里，您迄今为止还没有碰到过像我这样冒犯您的人。您和善、雍容的外表，您可爱美丽的容貌，您的安宁，您的典雅高贵，您在年龄增长时仍然保持着愉快的神情，请您原谅我这么描述您，这一切给了我巨大的勇气，在这路边上来与您进行一次真诚的谈话。同时，这美丽晴朗的天气、这自由自在的气氛也让我心情舒畅，它点燃了我内心的愉悦，正是这愉悦的火焰使得我在您，这么漂亮的陌生女子面前，有点失礼了。啊，您笑了! 那么就是说，您对我信口拈来的那些话完全没有生气。我好像在想，如果您允许我直言的话，两个彼此陌生的人能够这样无拘无束地相互攀谈，那是件多么地美好的事情。

我们这个地球混乱奇怪，就像一个难解的谜，但是这地球上所有居民说到底都有嘴有舌，有说话能力。说话本身是美好、神奇的。不管怎么样，当我见到您的一刹那起，我就喜欢您，但是现在我得恭敬地请您原谅我的唐突，我想请求您相信我，真的是您激起了我最炽烈的恭敬。我的直言不讳，说我见到您的时候感到无限幸福等等，不至引起您的勃然大怒吧？"

"恰恰相反，我非常荣幸，"漂亮女人高兴地如是说，"但有关您对我过去的某些猜测，我不得不让您大失所望，我从来没有当过什么演员。"

对此回答我觉得有点感动，我说："不久以前我从一个寒冷、悲惨、贫困、生着重病、完全没有信仰、没有希冀和信赖的地方来到这里，我对那个世界以及对我自己感到完全陌生，并且相互仇视。恐惧和彼此间的互不信任让我感到困惑，它们伴随着我的每一个脚步。我努力一步一步地走出那低下、丑陋的偏见。在这里，我重新呼吸到了宁静和自由的空气，重新变成一个热情和幸福的人。过去我内心充满的恐惧在逐渐地消失，心中的悲哀和荒凉，无边的失望，渐渐变成一种快乐的自足，变成一种舒适的、活生生的东西，我要从头开始去感觉它。我曾经死去过，现在就好像有人把我从地狱里解救上来。就在我自己觉得蒙受丑恶、艰辛和心情纷乱的地方，我遇到了爱和善的召唤，我觉得一切都变得安宁、可靠和善良。"

"那太好了。"那女人用一种友好的表情和声调答道。

由于我觉得我这次以大胆狂妄方式开始的谈话到了应该结束并且要告别的时间，所以我向这位女人辞别，她被我误当成曾经大红大紫的大明星，现在却告别了艺坛，请允许我这样认为，因为她自己觉得有必要来否认这一事实，所以她用非常客气的话来拒绝。我向她深深地鞠了一躬，就像什么也没有发生过一样，继续散步。

一个谦逊的问题：读者是否会对绿荫下那家精美的女式衣帽时装店产生浓厚的兴趣，是否会对此献上几声微微的掌声？

我相信，并且不无狂妄地在这里声称，我在这条最美丽的道路上行走和散步的过程中，会高兴得像个小男孩儿一样，傻乎乎地扯开嗓子大声喊，就连嗓子自己也不相信能发得出这声音。我又发现了什么新奇的、闻所未闻的好东西？嘿，那是一间最平常、最受人喜爱的衣帽时装店。巴黎、圣彼得堡、布加勒斯特、米兰、伦敦、柏林，所有的时髦、奢侈以及大都市的一切正向我迎面扑来。它们出现在我眼前，来挑逗我、勾引我，让我入迷。但是在大城市和国际大都会里往往没有绿色树林温柔的点缀，没有柔软的草地赋予的美丽，也没有茂密的树叶，更不用说那甘甜的树林香味了，而我在此却能尽情享受到这些。"所有的这一切，"我沉浸在静肃伫立之中，冥冥地感受着，"我肯定会把这些感受写进下一篇散文或者幻觉之类的东西里去，我会给这篇东西起个名字，叫做《散步》。在这篇东西里，这家女式衣帽店决不能一字不提，否则作品肯定会因此而缺少迷人的画面。我要坚决避免这种损失，一定要有意识地注意到这一点。"那些奇形怪状的帽子上面装饰着羽毛、丝带和丝绸花果等，对于我来说，它们就像大自然里那些真的东西一样，对我有无穷的吸引力，让我倍感亲切，大自然用其天然的绿色、用五彩缤纷的色彩将那人造的颜色和典雅的时髦镶嵌其中，将它们温柔地结合在一起，这让那家衣帽店真的像是一幅甜蜜的油画似的。此时此刻，我希望我所真诚敬畏的读者能够与我一样有此同感，并能原谅我。我这种唯唯诺诺的胆怯其实应该不难理解，大凡勇猛的作家都曾经有过这种心情的。

哦，上帝！我看到什么了？也是在那密密的树叶下面，我看到一家十分迷人、但店面不大的肉店。里面粉红色的猪肉、牛肉、各类肉肠制品琳琅满目。老板正在涌满顾客的店堂里忙碌着。对这家肉店同样值得发出一声惊叹，这声惊叹与对上述衣帽店发出的惊叹一样有价值。接着是一家专卖外国珍奇食品佐料的小店，有关这些店铺，我觉得一会儿回过头来再写也还不迟。毫无疑问，这些店铺白天都开着，所以不急。我得根据我的意愿安排个先后，非常遗憾，各人都有各人爱好的先后次序，即便是最有教养的人也得承认这点，他做事有些时候也不能完全尽善尽美。幸亏我们作为人不可能总是尽善尽美，并且总能以此为由而得到别人的原谅，事情做得不好，人总可以推说组织安排得不妥。

这里我又得重新找找路了。我假设，我重新找方向的感觉和综合归纳能力与任何一个野战军将官不相上下，他既能掌控全局、又能精确地计算到各种偶然和突发事件，可以说，他能将一切都运筹于帷幄之中。对不起，请原谅我这样来形容。不过，任何稍微勤奋一点的人，现在都可以天天在报纸上读到各种军事报导，他肯定会注意到这样的表达方式：侧翼包抄攻击。我近来逐渐意识到，战争艺术和打仗其实与文学艺术差不多，都非常艰难，要求有足够的耐心，不能急于求成。作家也同将军元帅们一样，在组织一场战役，或发起攻击之前，要做长时间的充分准备。或者换句话说，作家在写书之前，在把自己的拙作或小书投放图书市场之前，同样需要做充分的准备，这既是一种挑战，也是激起一场猛烈反攻的刺激。文学作品会引起激烈的争论和批评，有时文学批评会以非常狰狞的面目出现，会扼杀作品，会让作家陷入绝望。

假如我现在声称，我眼下正是用德意志最高法院的鹅毛笔在写这些温柔的文句，哦，我多么希望我的文句能够温柔，那诸位可千万不要误解我。这样说了，即便读者在某些地方感觉到这里的文字有时过于简短明了、入木三分，大概也就不会太介意了。

那么我究竟什么时候去埃比太太那儿吃那顿应得的午宴呢？我担心还得等好长一会儿才去得了，一路上还有许多麻烦事得先行办理了，不过肚子倒是早就在咕咕地叫了。

我像个优秀的流浪汉、典雅的叫花子、杰出的懒汉，或浪费时间的痞子一样，只知道整天闲逛，我走过种满了各种新鲜蔬菜的菜园子，走过鸟语花香，走过果树林子，走过结满了一串串大豆的菜地，走过麦穗沉沉的荞麦地、燕麦地和大麦地，走过堆满树桩木材的木料场、一片片露水茵茵的草地、潺潺的小溪、河流，与各种各样的人交臂而过，如那些在市场上吆喝着买卖的、结实可爱的胖女人，走过挂着花花绿绿旗帜的文化协会和其他各种各样有趣宜人的景色。我走过一棵棵可爱漂亮的仙人树和苹果树，还走过许许多多数不清的东西，比如草莓丛、花丛，或者确切地说，我规规矩矩地从那些熟了的草莓边上走过，一边走，一边脑子里转着各种各样、或多或少的美好幻想，因为人在散步的时候，脑子里自动会出现许多念头，会不断地闪现出思想的火花，或者说闪现出火花的思想。确切地说，这些念头需要仔细地加工，这时，一个人出现在我面前，一个巨魔、一个怪物。他的出现，整条明亮的道路几乎都被他遮阴了，这是个长得非常高大的、可怕的人，可惜我太认识他了，他就是那个极其奇

怪的巨人

秃姆查克

  我也许会在其他任何地方，在其他任何路上碰见他，可万万没有想到竟然会在这条可爱的乡间小道上与他相逢。他那悲惨恐怖的形象，他那魔鬼般的本性，使我毛骨悚然，他的出现顿时肃杀了一切善良、美好和光明的东西，夺走了我欢快愉悦的心情，这个秃姆查克！难道不是吗？亲爱的读者！连这名字听上去就像一种什么可怕的、恐怖的东西。

  "你为什么老跟着我？你为什么要在半路上截住我？你这个倒霉的灾星！"我对着他声嘶力竭地喊道。而秃姆查克并不答理我，他瞪大眼睛盯着我，也就是说，他居高临下地盯着我，他比我要高出许多许多。我觉得我在他面前就像个侏儒，或者就像一个弱小可怜的小孩。巨人好像一抬脚就可以将我踩死，一伸手就可以把我勒死，对他来说，要做到这一切极其简单、轻而易举。哈，我知道他是谁了。他从来就没有安宁，就这样无休无止地在世界上奔走。他从来不会在柔软的床上睡一觉，再说他也没有家，他四海为家，又四海无家。因为他没有故乡，所以也就没有籍贯。对他来说，祖国、幸福之类没有任何意义。他完全没有爱情，更不懂什么天伦之乐，秃姆查克就这么活着。他毫无同情心，同样，也没任何人去同情他，同情他的生活和他的内心世界。对他来说，过去、现在和将来这些时间概念等于没有生命的荒漠，生活二字太渺小，太狭窄，一切对他毫无意义，而同时，他自己对于别人又同样是毫无意义的。这样，在他巨大的眼睛里不时地流露出高人一等、同时又低人一等的悲哀，臃肿的身体和迟缓的动作说明他有无限的痛楚。他不死不活，既不年老，也不年轻，我觉得他有十万多岁了，秃姆查克好像是为了永远不活才永远活着似的。他随时随地都会死去，却又活着。长满鲜花的坟墓不属于他。我避开他，悄悄地对自己嘟囔着："再见，秃姆查克，我的朋友，祝你一切顺利。"

我没有丝毫兴趣回头朝那幻象般的、令人生怜的巨人或者超人再看上一眼。我继续往前走去，空气柔和、温暖，走着走着，那神奇古怪的巨人在我身上笼罩着的晦暗渐渐消失，不一会儿，我来到了一片枞树林。林子里有一条弯弯曲曲的小路，让人心旷神怡。我沿着小路，带着心满意足的享受往前走。小路和森林里的土地柔软，走在上面就像踏在羊毛地毯上似的，林子深处，一切宁静得像人的心灵，庭院深深的庙宇后院，寂静的宫殿，像诡秘和梦幻般的神话城堡，像玫瑰公主的美丽宫殿，里面所有的一切好像都已经沉睡了几百年了。我继续往林子深处走去，假如我说我这时像金发王子，全身盔甲，那可能是把自己吹捧得太漂亮了。不过这也怪不得我，森林里面是如此华丽，那美丽的想象自然而然地出现在那敏感的散步者脑海里，此时此刻，在这甜蜜的宁静之中，我是多么地幸福！外面隐隐约约有一些噪音，传入这与世隔绝的林子里来，透进这迷人的晦暗中来，一声闷响、一声汽笛或者其他什么噪音，这些从远处传来的声音反而更加衬托出森林的宁静。我如饥似渴般地呼吸着这份宁静，尽情地吮吸、饮用这份宁静的液露。四处一片寂静。一只隐藏在深处的小鸟悄然在这万籁俱寂的林子里飞了出来，唱出一曲清亮婉转的歌曲。我伫立谛听，突然悟到一种说不出来的感觉，那是一种对世界的感觉，与此同时，感到一种从内心迸发出来强烈的感激涕零般的心情。

枞树们像柱子似的昂然挺立，温柔的枞树林好像对所有声音都无动于衷似的。森林外面不知从什么地方传来各种声音，进入我的耳际，"哦，如果非得这样，我也很愿意就这样死去。我躺在坟墓里，追忆往事使我感到幸福，一种感激会让我在死亡中复活，感激享受和欢乐，感激这心旷神怡，感激生活和感激欢乐带来的欢乐。"高高的枞树梢上轻轻地传来沙沙声，我暗自对自己说："这儿必定是男女相爱、相拥相吻的美妙去处。"仅仅让脚步踏在这森林的土地上，就已经是无限的享受了，这一片宁静，在我心灵深处点燃了祈祷的蜡烛。"在这里死去，无声无息地被掩埋在这里，躺在阴凉的森林土地下面，肯定非常甜蜜。哦，多么美妙，可以在死亡中体验和享受死亡的味道！也许这是真的。在宁静的森林里，拥有一座小小的坟墓，会是何等的美妙！也许我能在坟墓里躺着，听到上面鸟儿婉转的歌喉，听到树林在簌簌轻语。这是我的心愿。"太阳把它一束束光柱透过密密的枞树间隙斜插进来，整个森林在我眼里就像一座可爱的绿色坟墓。我马上又要走出这坟墓，回到光明和自由中去，回到生活中去。

现在我面前是一家小客栈，一家非常雅致、诱人的小旅店，就在我刚刚走出来的枞树林边上，客栈后面有一个大花园，那里大树参天、遮荫蔽日，花园好像建在一座可供远眺的可爱小丘上。紧挨着花园似乎还人为地堆起一座诸如观景台或瞭望台一类的东西，在那儿可以登高望远，尽情地把那美好景色一收眼底，领略大好风光，此时若再有一杯啤酒或一杯葡萄酒助兴，就再好不过了。不过眼下在这里散步的那位先生及时地感觉到了，他的脚步并没有因此而加倍努力地朝那个方向迈进。去那山脉似乎还需历经千辛万苦，它横卧在蓝白相间的苍茫之中。散步的那位得老实承认，他对此的渴望既没有到无法忍耐的地步，更没有到要命的境地。其原因是，到目前为止，他还只是走了很短的一段路。再说，他在这里只是做一次小小的、无足轻重的散步而已，不是长途旅行或漫游，远谈不上大规模的远征，所以他有足够的理由，非常理智地放弃进入凉亭乐园享受的权利，而是选择离开了。所有读到这里的真诚读者，一定会因他出于良好的愿望而做出如此良好的决定而给予热烈的掌声。我是不是一个小时以前说过，要介绍一位年轻的女歌星？她现在登台表演了。

她在房子底层的窗口表演。

这里要提醒一句，我现在离开了森林小道，又重新回到大路上来了，我听见……

且住！还得再停一下，所有懂得自己职业的作家都不会对自己的这门手艺操之过急的。他们都喜欢时不时地放下手中的鹅毛笔，假如一直不停地写，就像掘地似的，累人。

我从那一楼窗口听到的，是甜甜的清新民歌和一些歌剧咏叹调之类的演出，我惊讶地以为这是一场晨间盛宴，一场完全免费的音乐会。一个小女孩站在郊外一所普通房子的窗边，她豆蔻年华，穿着一身浅色的连衣裙，脸蛋看上去几乎还是个学生，不过身体已经成熟，曲线丰满，身材苗条。她的歌声飞入蓝色的天际之中，非常迷人。我被那突如其来的歌声深深地打动了。为了不打搅歌唱者，我在路边驻步，这样不至于被剥夺当观众的权利，也不会错过这美妙的歌声。那女孩唱的那首歌似乎是甜蜜幸福一类的，歌声就像纯洁无瑕的幸福、爱情和生活自身那样。歌声犹如天使，摆动着那雪白羽毛的双翅，欢乐地飞向天空，又从天上掉下来，带着微笑死去，好像是在烦恼中死去，在过于温柔的喜悦中死去，在太过幸福的爱情和生活中死去，似乎是因为无法在太美好的生活想象中生活，好像那温柔的、充满爱情和幸福的生活想象会将自己粉碎一样。

　　那女孩刚用悲痛的莫扎特曲调或《牧羊女之歌》如泣如诉地结束了她朴实而优美的歌声，我就走上前去，向她致以问候，并请求向她祝贺的权利，请她允许我对她如此美妙的歌喉和如此打动人心的表演表达我由衷的敬意和恭维。年轻的歌唱家就像小鹿或小羚羊那样，用她水灵灵的棕色眼睛看着我，带着几分惊诧和疑惑。她脸上表情细腻而温柔，带着一丝谦逊含羞的微笑。我说："如果您好好地保护您那优美、年轻、音域宽广的嗓子，再加上适当有效的训练，那么您的前途将无比辉煌，您眼前就有一条通往歌唱家的阳关大道，您自己要明白这点，别人也要理解这点。因为我说句实话，您看上去完完全全就是未来伟大的歌剧演唱家! 您天资聪颖，外貌秀丽，如果我的推测不是毫无道理的话，您的内心一定刚毅果敢，您有满腔的热忱和一颗火热的心，我刚才在您的歌声中听出了这一点，您唱得如此优美，又如此真情，您有唱歌的天赋，此外，您毫无疑问是个伟大的歌唱天才! 我现在说的绝对不是空话，也绝对不是假话，我之所以这样说是因为我要请求您，千万要珍惜您高贵的天赋，不要轻易过早地毁坏您的嗓子。与此同时，我还要真诚地告诉您，您的歌唱得非常好，这是件非常严肃的事情，因为这意味着许多。首先，这意味着别人会要求您一天比一天唱得多，所以您在练声和演唱时千万要注意分寸！您自己肯定不知道您那歌喉的价值和它的前途，您的演唱天赋已经达到了极高的水准，已经包含了许多有生命的东西，也许您自己还不觉得，同时，您的歌声里还蕴涵了许多文学、诗和很多人性的东西。我想，每一个人都有权利告诉您，并且必须得向您做出保证，不管从哪一点来看，您都会成为一个真正的歌唱家，因为这点显而易见，您是用真正的情感在唱歌的人，是一个有了生活喜悦后才开始生活的人，这样的人一旦放开歌喉唱歌，就会把对生活的满腔热情置入声乐艺术中去，所有人性的东西，对个性重要的东西，所有充满心灵之美和理性的东西就会升华到理想的高度。在一首演唱成功的歌曲中，一定凝聚了人生的经验和情感，一定是生活压抑和心灵撞击后的迸发。如果一个女性能利用好这些有利条件，将它们构成自己向上攀登的阶梯，那么她就会成为声乐艺术广阔天空中一颗明亮的星星，用歌声拨动人们的心弦，赢得无穷的财富，就会获得观众雷鸣般的掌声，就会得到国王和王后的欣赏和青睐。"

那女孩认真地、不过也略带惊异地听完我上面的一番话，在这番话里，我对自己的欣赏远远超过让小女孩听了后对我产生敬意、或让她明白我的意思，对此她的确需要再多一些生活经验。

远处，我看见一个铁道路口，我将要走过这个道口。不过现在还为时过早，因为诸位必须要知道，在这之前我还要处理两三件重要的事情，还要去赴几个约会，那几个约会是无论如何也推不掉的。这几件事我得尽一切可能详尽描述，大家会仁慈地宽容我加以说明，我在路过一家男式时装店或者男式裁缝店时，得进去一下，我要去试穿一下我定做的西服，看看是否合身，要不要改。其次，我还得去市政厅交一笔重税，接着我得去邮局寄一封极其重要的信，并且必须亲手把它扔进邮筒里去。诸位可以看到，我有多少事情需要处理，这趟散步看起来像闲逛，其实有许多具体要紧的手续要办理，所以，相信诸位定会出于这个原因理解我，原谅我拖拖拉拉，耽搁了诸位的宝贵时间，请允许我跟那些公务员磨磨嘴皮子，也许诸位甚至会把我的遭遇当成喜闻乐见的轶事来消遣。我先声明，因此造成的冗余一概由我承担，恭请各位多加包涵。从省城和大都市出来的作家在读者面前会更谦虚，更有礼貌吗？我几乎不相信，所以我在这里也就特别心安理得了，可以继续往下讲述或者闲聊我的故事，下面是这样的：

我的老天爷！时间可不早了，得赶紧去赴埃比太太的午宴或者去她家吃中午饭了！时钟刚刚敲到十二点半，幸亏埃比太太就住在附近，我只要像一条鳗鱼似的滋溜一下就能滑进洞去，或者像要饭的走进庇护所，躲雨的见到了一小片屋檐，这就是接纳我的

埃比太太

埃比太太以最可亲可爱的方式接待了我。我的绝对准时无疑是一大杰作，诸位知道，文学杰作是多么稀罕的东西。当我在那里出现时，埃比太太非常有礼貌地微笑着，她既热烈又矜持地把她那可谓纤细迷人的小酥手伸给我，随即把我带入餐厅，恳请我入席，这自然正是我最迫不及待的，因此我也就

面带感激、无拘无束地就席坐下。我无需做任何不必要的客套和推让，毫无顾忌地大吃大喝起来，而这时，我完全没有想到接下去的遭遇。我狼吞虎咽地吃饭，众所周知，这样的吃法一般不需要太多的顾忌。直到我突然惊讶地发现，埃比太太在一旁几乎用一种极其虔诚的眼光凝视着我，大概我的举止有点太引人注目了。对她来说，我的吃相无疑是极为感人的一幕，她的惊讶同样也引起了我的惊讶，而我对她的惊讶却不以为然。

当我差不多酒足饭饱，提出要与埃比太太聊天时，埃比太太坚定地拒绝了我的要求，她说，她没有极大的兴趣参与任何交谈。她的反常言辞把我弄得目瞪口呆，我开始感到有点害怕，不由暗暗生出对埃比太太的戒备之心。果真，当我开始停止切盘子里的肉，不再叉住肉往嘴里送的时候，我已经明显地感觉到自己吃撑了，埃比太太用一种接近温柔的表情和慈祥的声音对我说（这种声音和表情蕴涵着母爱般的责备）："您看，您怎么什么都不吃，来，我给您切一块带卤汁的肉来，大大的一块。"我感到一阵恐慌，但又壮着胆子，非常有礼貌、有分寸地分辩道，我来这儿的主要目的不是吃饭，而是来进行精神交流的。埃比太太脸上带着迷人的微笑说，她认为精神交流是毫无必要的。"可我几乎已经到了再也吃不下去的地步，我吃撑了。"我的嗓音明显变得迟钝和压抑。我几乎到了窒息的边缘，紧张得满脸流汗。

埃比太太说："我完全不可能允许自己说，就吃这么一点，您就想停止切肉、停止往嘴里送那佳肴了，我绝对不能相信您真的吃饱了，您肯定没有说实话，假如您说您已经吃得撑着了，那我只能认为这是您的客气。至于那精神交流，就如我已经说过的那样，我万分荣幸能够得以幸免。您到我这里来的目的肯定是为了证明您的好胃口，我绝不轻易放弃我的判断，现在，我再一次真诚地请求您，别再客气了，真诚地接受这一无法改变的事实，继续吃吧。另外，我还得跟您说清楚，您除了把我给您切下来的，和我将要给您切的统统吃干净，没有任何离席的可能。我想，您这下可落在我手里了，您可知道，有很多家庭主妇对她们的客人殷勤之至，劝酒夹菜直至客人最后倒下。您悲惨的命运就在眼前，不过，您一定会勇敢地面对这一残酷现实的。我们大家最终都难免有朝一日要做牺牲品，您还是听我的话，把它们都吃下去的为好。您即便因为吃多了而倒下，这又有什么大不了的呢？您看，这大大的一块味美汁多的肉，您一定会吃下去的，这我知道，来，拿出点勇气来，我的朋友！我们大家都需要勇气，坚持我们的意志，保持我们的毅力，那么我们会变得强大。拿出您的勇气来，强迫自己发挥出最好的水平，承受最困难的，忍受最艰苦的！您简直不能相信，看着您吃饭我心里别提有多么高兴，直到您吃撑。您根本无法想象，一旦您停下来，不吃了，我心里会多么难过。您肯定不会那么残忍的，是吗？即便您已经吃撑了，您肯定还会继续使劲的吃下去的，是吗？"

"可怕的女人！您想如何整治我？"我大声喊着从餐桌前跳将起来，做出立刻要掀桌子的愠怒表情，埃比太太一边赶紧拉住了我，一边开怀大笑起来，她说她是存心跟我开个玩笑，并且恳求我千万不要当真，她说："我只是想给您演示演示，那些家庭主妇是怎样利用她们的热情好客来整治客人的。"

我当然也得一起大笑，我得承认，我很喜欢埃比太太那种不拘泥小节的样子。她想留我，要我整个下午都待在她身边，当我告诉她，非常遗憾的是我还有一些重要的事情要去处理，无法拖延，因此完全不可能再继续陪她的时候,她甚至有一点点生气了。看到埃比太太因听说我马上要走而流露出来的沮丧,我觉得受到了极大的恭维。她问我那些事是否重要,是否非得马上走人不可。我信誓旦旦地告诉埃比太太,只有极为重要的事情才有力量,这么快就能把我从如此舒适的地方,从如此有魅力、如此受人尊敬的夫人身边拉走。我就用这句话跟她告了别。

现在要去看看那个西装裁缝了。我要征服他、收拾他,并且最后降服他,这个家伙不仅固执、犟头犟脑,不仅荒谬地对他的裁缝手艺盲目自信,好像他永远不会犯错误,他自身价值和本事完美无缺似的,而且他还坚信,他认为对的东西,都是绝对真理。要让他放弃固执,无疑是天下最困难、最累人的工作之一,这不仅需要大智大勇,而且还要有坚定的、一往无前的决心。我对各种裁缝和他们脑子里的想法一直都有一种强烈的畏惧心理,我对悲哀地承认这点绝对不会感到任何羞愧,因为在这种情况下,畏惧是情有可原、是可以理解的。我现在就得准备应付(如果不是最恶劣的)相当严峻的形势,用勇气、高傲、怒气、愤慨、鄙视,甚至用面对死亡的豪迈来武装自己，准备迎接一场暴风雨般的进攻战。我深信，用这些武器一定能够成功地对付那些隐藏在天真无邪的笑脸背后的冷嘲热讽，夺取最后的胜利。可是情况却大大出乎意料，不过，此刻我还不愿提前透露。我得先去邮局办理寄信事务，因此我做出决定，先去光顾邮局，然后再去西装裁缝那儿，最后去税务局交税。此外，让人垂涎三尺的邮局大楼就在鼻子跟前，我兴高采烈地走了进去，在办事窗口请求负责此类事务的邮务官员卖给我一张邮票，把它贴在信封上。当我小心翼翼地准备将信塞入邮筒之际，我再次在沉思中仔细掂量、检查了我写的那封信。我还十分清楚地记得这封信中所写的内容，大致如下：

尊敬的先生！

这一特殊的称谓肯定足以使您察觉到，笔者以相当的冷漠在给您写这封信。我深知，我不能期待您和诸如您之类的人会对我表示尊重，因为您和诸如您之类的人常常对自己有一种过高的评价，就是这种过高的自我评价阻止了您和诸如您之类的人摆脱肤浅，阻止了您重新回到理智上来。我深知，您属于那种不知天高地厚的人，因为这些人都像您一样，毫无顾忌、毫不客气。在这类人的想象中，他们非常有权力，因为他们都有后台，他们错误地觉得自己都很聪明，其原因是他们根本不认识"聪明"这两个字。诸如您之类的人惯于肆无忌惮，在贫困和无助的人面前态度尤其强硬、傲慢、粗暴、无礼。诸如您之类的人自认为有些小聪明，以为非常有必要处处高人一等，到处都当重要人物，喜欢每时每刻都陶醉在成功和胜利之中。您这样的人不会觉察到，这样做其实是非常愚蠢的，您察觉不到您自以为是的那些狗屁，既完全没有必要，又是最不受欢迎的。像您这样的人就只会妄自尊大、自命不凡，随时随地都迫切地准备采用暴力手段。您这类人的勇气在于逃避任何真正的勇气，因为您知道，真正的勇气会给您带来不利，你们这类人的勇气只是每时每刻都以极大的乐趣把自己打扮成真、善、美的化身，并且不遗余力地去表现它们。你们既不尊重别人的年龄，也不尊重别人的成绩，不尊重别人的劳动就更不用说了，您这样的人只尊重金钱，这样就阻止你们尊重其他的东西。谁老老实实、努力勤奋地工作，谁在你们的眼里就不过是只蠢驴。我绝对不会弄错，我的小拇指告诉我，我是对的。我在这里壮着胆子指着您的脸说：您滥用您的职位和权力，因为您很明白，要谴责您这样的人是何等困难，要花费何等的周折，甚至要遭受多少白眼，穿多少小鞋。不过您看，您处在您的恩泽和慈悲之中，您在那么多有利的条件之下，还是遭到了最大的非难。您肯定觉得自己在风雨飘摇之中，您玩弄信誉，不守诺言，无端地损坏与您来往的人的声誉，无耻地利用他们，在您假装做慈善事业的时候，您出卖职业良心，诬陷您忠诚的下属，您反复无常，出尔反尔，还有一些极坏的臭脾气，这种臭脾气若是在哪个小姑娘身上，大概还好原谅，但那绝对不是男子汉的脾气。哦，请您原谅，我把您看轻了，把您看成一个非常软弱的人了。请您宽宏大量地允许我向您建议，今后绝对不要让本信的签署者再去打搅您的公务，避免彼此接触，尽管那样做也许既符合情理，又符合对本信签署者最起码的尊重，同时，写这封信自然也给本签署者带来了一些小小的快乐。

我现在几乎有一点后悔，将这封拦路强盗式的信（我事后越想越觉得这封信像是拦路强盗）交给邮局去寄，因为我这样做无疑是横着心向一个权力无限的大人物宣战，以理想化的形式撕毁了我们彼此间的外交协议，不，应该说是经济关系。不过，不管怎么说，现在我已经下了这封战书。我安慰自己说，也许这位倍受尊敬的先生根本就不会亲自去读这封信，因为他肯定在读或者品尝第二个字、第三个字的时候就已经厌倦，很可能不愿为此浪费时间和精力，随手将这封墨迹未干的战书扔进张着大口吞噬所有不受欢迎信件的废纸篓里去了（此外，这些东西按自然规律三个月至半年之内全都会被忘得一干二净的）。我一边盘算着这件事的严重后果，一边想着各种深奥的道理，不知不觉大胆地向裁缝店走去。

　　裁缝坐在那儿，有点喜形于色，脸上表情像显示着世界上最平静的心情，他坐在时装店或裁缝铺子里，铺子里塞满了香味弥漫的布料、零头布，一只鸟在笼子里叽叽喳喳地叫着，试图营造出某些田园风情来，一个狡黠的学徒正在勤奋地在裁剪什么，裁缝大师廷恩先生一见到我来，放下手上正忙着的针线活，急忙客气地站起身来迎接我："您是来看您那件经鄙庄精心制作、不久将交货穿在您身上、那件完美西装的吧？"他一边说，一边几乎过于亲切地把手伸过来让我握，好像是好哥儿们似的。我也就不吝，使劲地握了握他的手，回答道："我迈着非常自信和满怀希望的脚步前来试装，不过事实常常让人有点放心不下。"

廷恩先生跟我说，我的一切担忧都是毫无必要的，对于这套西服是否合身、式样如何，他完全可以拍胸脯打保票。他一边说着，一边把我引进隔壁一间小房间，让我试装，自己旋即退了出去，他反复向我保证西装质量，而我却不以为然。我很快就试完了装，同时，内心的失望也到达了高潮。我极力地克制住噗噗噗往上冒的羞恼，大声地把廷恩先生喊过来，用尽量冷静的口气，用通常表示不满的高雅神色，说出了我毁灭性的批评："果真不出我之所料！"

"我最尊敬的先生，请您千万不要无谓地激动！"

我非常吃力地反问他："难道您这儿还有什么别的理由可以让人激动？收回您那套抹稀泥的鬼把戏吧，那不合适！您别想来安抚我，您做出来的这套所谓无可挑剔的西装您自己看看去吧！我所有的担忧，包括事先和事后的，都得到了证实，最糟糕的预感竟然成了事实。您怎么还敢声称，您对这件西服的合身和式样打保票？您哪里来的勇气竟然敢向我保证？还号称是裁缝行业的行家里手，依我看，您若想继续在这一行当里混，大概还稍微需要一点诚实，还略微需要那么一点真诚来承认错误，这回我的的确确是倒了大霉了；给我制作了一套无可挑剔的西服，用来标榜您这家什么店的口碑，这样的神话彻底完蛋了。"

"'完蛋'这个字眼我请您用得慎重些。"
"我尽量克制自己，廷恩先生。"

"为此我感谢您，我对您有如此宽阔的气度表示由衷的高兴。"

"您肯定会允许我向您提出一个要求，请您对这套西装，也就是我刚刚仔细试穿过、证明有许多毛病、许多地方不合适的这套西装，进行一次大规模的修改。"

"那是可以做到的。"
"我现在内心的不满意，我感受到的恼火和伤心使我不得不跟您说明，是您让我生这么大的气。"

"我向您发誓，我对此感到非常遗憾。"
"您现在急切表现出来的信誓旦旦，说您对惹我如此生气表示遗憾和歉意，它丝毫也改变不了这套做坏了的西装本身，我拒绝承认这套西装有任何好的地方，同时我也绝对不会接受这套西装，因为它实在没有任何可以值得赞赏的地方。有关上衣，我明显地觉得穿上它之后好像变成了驼背，变成了一个非常丑陋的人。穿上它后让我变得非常难看，这点我是无论如何也不能接受的。相反，我觉得我有充分的理由对如此恶劣的式样，对我体形的扭曲表示抗议。这袖子让人感到过分的长，马甲千方百计地唤起一种印象，穿它的人是个大肚子。这裤子就别提有多么糟糕了，看着裤子的设计图让我真的感到恐慌，瞧您这可怜的、傻乎乎的，并且让人发笑的大手笔，这图上画的该宽的地方，在裤子上就窄，图上该窄的地方，到了裤子上就宽。尊敬的廷恩先生，您的工作是那么毫无想象，您的大作几乎就是弱智的有力证明。这套西装充分地体现了您的可怜和鄙劣，还有您的鼠目寸光、愚笨、小家子气，还有可笑和胆小。做这套西装的人肯定称不上有一丝创意，非常遗憾，也许这是一个伟大天才的马失前蹄。"

廷恩先生厚颜无耻地对我说："我丝毫不能理解您的愤慨，同时，也永远也不会花任何力气去加以理解。您自以为是地对我做了这么多强烈指责，这让我摸不着头脑，并且很有可能永远无法理解。这套西装穿在您身上简直是合适极了。绝对没有任何人会对此提出任何异议，您穿上这套西装之后显示出来的那种神采奕奕，那种精气神，让我坚信无疑，谁也动摇不了我。您要不了几天就会适应这套西装的高明之处，以及它的卓越特色。就连最高层的国家官员都在我这儿定制高级西服，比如最高法院院长就让我获此殊荣，让我亲自动手，给他制作西装。这些顾客对我手艺的首肯也许能让您相信我。然而，我实在无法苟同顾客过分的苛求和天真的想象，对于个别顾客的胡搅蛮缠，本裁缝廷恩断然不能接受。别的像您这样养尊处优的先生们对我的手艺满意至极，我希望这些例子能让您稍稍息怒。"

由于我不得不承认，现在木已成舟，已经毫无可能改变任何事实，同时我也必须承认，刚才的进攻也许过于猛烈，现在已经演变成极其沉痛的失败，所以我决定从那不幸的战场上撤退，我顿时软了下来，含羞逃离。就是样，我夹起尾巴结束了这出裁缝店历险记。我没有再光顾其他店的心思，径直往税务局走去，我得赶紧去交那笔税款。不过在这之前，我还得先腾出手来解释一个误会。

有关税务那回事,我现在事后想了起来,其实我不是要去交税,而只是去与那位大名鼎鼎的税务委员会主席谈一次话而已,只是为了郑重地解释一下本人的收支情况罢了。敬请诸位不要因此而错怪我,并恭请诸位听我一会儿慢慢述来。就像裁缝廷恩先生死不认错,对自己的许诺和保证坚如磐石一样,我也给诸位做个坚如磐石的保证,保证给诸位讲述税务故事的时候做到言简意赅,细而不繁。

瞧,我这就跃入税务局的美妙情境:"请允许我对您说,"我毫不紧张、开诚布公地对高贵的税务官开了腔,税务官则对我竖起了他那听惯了官话的耳朵,以便能够恭敬地听明白我的报告。"作为穷作家或者说摇笔杆子的,也就是说作为文人,我有幸享受极其可怜的收入。任何财富的痕迹在我身上既看不见、也找不到。我非常遗憾地向您确认这一点,并且对这一令人伤心的事实,保证做到既不痛不欲生,也不痛哭流涕。事实上,我就像别人常说的那样,将就地生活。我在生活中没有半点奢侈,这您一眼就可以从我身上看出来,吃饭,我仅仅是为了填饱肚子,可以说是节省之至了。您脑子里也许会猜想,我会有各种不同的收入，在这样的情形下，我觉得有必要用一些无可辩驳、赤裸裸的事实，这样可以非常友好、但又十分坚决地纠正您的错觉，也就是说，我完全没有任何财产，不过很高兴，我也算不上一贫如洗，如果您有一颗善良之心，并愿意将这些记录在案的话。每当星期天我就会发愁，愁自己无法上街，因为我没有星期天穿的礼服。在稳定、节俭的生活中我像一只大耗子，任何一只小鸟都会比本报告人或本纳税人更有发财致富的前景。

我的确写了一些书，可惜它们并不受读者欢迎，其后果自然是让写这些书的人感到心情抑郁。我没有片刻怀疑过您的睿智，所以您一定会理解我的经济状况。事情明摆着，我没有稳定的社会地位，也没有很高的社会名望。像我这样的人好像也没有什么重要的责任要承担。此外，我内心不时窜动的文学热情也只能说是微乎其微，那些文艺批评家，自以为可以任意地对作家指手画脚，他们对我的无情批评是我遍体鳞伤的另一个主要原因，他们无端的批评和指责是妨碍我脱贫致富的最大绊脚石。世上幸亏还有一些仁慈好心的先生、太太，他们不时地以最高尚的形式接济我，但是一小笔赠款，一点点资助终究不是金山银山。看在所有这些我所申述的、同时也是非常充足的理由上，尊敬的税务官先生，您是否可以做主，免去那笔您通知我要增加的税款。我请求您，如果不是央求的话，尽可能从低来估计我的支付能力。"

税务官或收税大员对我说："可是别人总是看见您无所事事，整天在那儿散步！"

"哦，这步是必须要散的，"我回答道，"那是为了活动身子骨，保持与鲜活世界的联系。假如失去对世界的感受，那我连半个字都写不出来，更写不出一行诗或一句散文来了。不散步我就像死了一样，不散步，我所热爱的事业也就毁灭了。不散步，不接受外部信息，我就无法写报道，也无法写文章，就更不要说创作大部头的小说了。不散步我怎么去观察生活，怎么去体验人生？像您这样聪明机灵的人肯定眨一眨眼睛就会明白这个道理的。在这长长的、美好的散步路上，我脑子里会生出千百个有用的想法，相反，把自己锁在家里，我就会像久旱的禾苗那样枯萎，就像无人耕种的土地一样荒芜。

"散步对我来说不仅仅只是健身和欣赏美景，而且还完全是实用性的。散步是我的职业所需，此外才是我个人兴趣，才给我带来个人的愉快。散步让我清醒、给我安慰、令我心情愉悦，散步对我来说是一种乐趣，同时，它也是刺激和激励我创作的源泉，它给我提供了大大小小、许许多多的素材，好让散步后回到家中的我勤奋而热忱地工作。在散步过程中，总是充满许多值得观察、值得感知的重要东西。无数场景、流动的诗歌、迷人的自然景色，汇集在这无数次的美好散步之中，它们看上去好像都无足轻重，其实不然。大自然和风土人情在散步者的感官和敏感的眼睛里徐徐展开，无比美好。散步者当然不能闭着眼睛散步，如果他想展开想象的翅膀，让自己沉浸在美好的思绪中，那么他必须眼观六路、耳听八方。您想想，假如某个诗人或者作家一旦停止吮吸生育他、抚养他的，含有真善美的大自然乳汁，那么他很快就会文思枯竭，落入可悲的失败境地。您再仔细想想，诗人、作家都是从户外千变万化的世界里得到神圣的教诲，这大自然的课堂对他是多么的重要。

"没有散步，没有与此相连的自然观，没有那些在散步中才能得到的灵感和思想，那么我就会感到自己脑子里空空如也，而事实上也的确如此。最可爱的必定是那细心的散步者，他在路上走着，任何细微的东西都疏而不漏，无论是一个小孩、一条狗、一只蚊子、一只蝴蝶、一只麻雀、一条小虫、一朵花，还是一个男人、一座房子、一棵树、一丛灌木、一只蜗牛、一只老鼠、一朵云、一座山、一张白纸，或者是一小片被人撕碎了、揉皱了，扔在一边的稿纸，上面也许会有天真烂漫的小学生歪歪扭扭的字迹，他都会去仔细研究，细心观察。天地之大、事无巨细，所有喜怒哀乐的事情对他来说都有同等的价值，都是一样的可爱，一样的美妙。散步者绝对不可带有个人感受的偏爱和个人易受伤害的敏感去观察，他必须带着超脱功利的心态和完全无私的眼光去打量万物，只有完全从事物的角度出发，设身处地，他才能得到启示。对他自身而言，他有自己的悲哀、自己的需求、自身的缺点，还有自身的贫乏，但他应该像一个勇猛的、忠于职守、具有自我牺牲精神的士兵那样，将一切抛诸脑后而不顾，甚至全然忘却。否则的话，他的散步只能是三心二意，心猿意马，一无所获。他必须得每时每刻都保持同情、敏感和激发热情的能力，希望他能够如此。他还必须以极大激情，将自身投入到散步这件事中去，他必须深深地沉浸到最细小的日常生活琐事中去，还要会倾听。他也许会这样去做：无私地奉献和投入，完全忘我，把自己置身于各种事物中去，用整个身心去爱这些事物，这会让他获得无限的幸福，就像一个具有高度责任心的人履行了他的责任之后内心所感到的满足和甜蜜一样。精神、奉献和忠诚使他变得神圣，把他从一个毫不起眼的散步者的形骸中升华出去，这形骸听上去不太好，好像总是与流浪汉或者游手好闲的酒鬼身上的臭味混杂在一起。细致全面的观察丰富了他，使他变得幽默、温柔、高贵。他严格地沿着精确的科学道路散步，尽管这听起来别人不信，没人会相信，看上去草率鲁莽的闲逛者会与科学有什么关系。但您知道吗？我脑子里思考的时候既固执又有韧性，常常是冥思苦想，这恰恰又给人一种错觉，好像我是个毫无思想的无业游民似的，好像我只会在蓝天白云之下、草地花园之上无所事事，逛来逛去，可惜，这给人造成一种坏的印象，好像我是个懒汉，是个最没有责任心的流氓似的。

"散步中出现的各种各样奇思妙想神秘地追踪着散步者，就在他稳健、勤奋的脚步中，就在他伫立倾听的时候，神奇古怪、美妙迷人的想象逐渐地捕获了他。他似乎有一种感觉,好像自己顿时陷入了地心,好像他那思想家、诗人的眼睛受到了强光的刺激,模糊纷乱中,眼前突然出现了一座无底深渊。那脑袋好像要掉下来,平时灵活无比的四肢顿时像僵硬了似的,大地和人、声音和色彩、人脸和躯体、白云和阳光像幻影似的四处旋转。他问自己:'我在哪儿?'大地和天空突然汇合,混搅在电光闪闪、模糊不清、雾霭茫茫的浑然一体之中。混沌出世,秩序顿失。诗人受到了震惊,他努力让自己保持清醒的思维,并成功地坚持继续前行,从事他神圣的散步事业。您难道真的觉得我的所见所闻是绝不可能的?比如说,我在懒洋洋的散步中遇到了巨人秃姆查克,还万分荣幸地碰见了梅利教授,期间还与书店老板和银行职员打过交道,与冉冉升起的年轻歌星和告退艺坛的女明星交谈,在精神世界极其丰富的贵妇人家里轰轰烈烈地用了午餐,我穿过森林,寄发了一封极其危险的信件,还与那阴险狡猾的裁缝廷恩恶战了一场等等。这所有的一切都是可能出现的,并且我相信,这些情节事实上也是已经出现过的。散步者总是有许多奇怪、深刻的思绪,有无数想象陪伴着他,假如他不注重精神世界,或者甚至撇它们于不顾,那么他就愚蠢至极了。不过,他是绝对不会那么做的。

相反，他会张开双臂迎接所有这些神奇而特别的想象，与它们交朋友，原因是他因此得到了欢乐，他会给这些想象打造实际的形象和躯体，赋予它们教养和灵魂，就如同他从它们那儿得到教养和灵魂一样。一言以蔽之，我是靠沉思冥想、靠钻研、靠挖掘、靠感知、靠写诗、靠散步来挣钱糊口的，没人像我那么辛苦。也许，在我做出最滑稽的表情时，我的内心是极其严肃认真的；在我看上去软弱和唠叨的时候，我其实是个脚踏实地的实干家。我真心希望，您能看在我诚心诚意的面上，接受我这番详尽的解释，并能对此表示理解。"

税务官说："好吧。"他接着又补充说："您对本税务官提出尽可能以最低纳税标准缴纳所得税，有关这一申请，我们会做进一步审核，并会尽快给您一个肯定或否定的答复，我在此对您友好递交上来的真实报告，对您努力做出的解释表示感谢。您现在可以去继续散您的步了。"

由于我得到恩准，得以安心离开税务局，所以我神采飞扬地继续往前走，不一会儿又重新回到了大自然的怀抱。一种获得自由的喜悦沐浴着我的全身，吸引我投入自由之中。现在我在勇敢地经历了几场风暴之后，终于来到了早已通报过的铁道路口面前，我在那儿止步，乖乖地等待火车汽笛发出的悲鸣声渐渐行近，等它从从容容地在我面前驶过。男男女女、老老少少，各种各样的人都跟我一样，在栏杆面前等候。一个臀部肥硕、却长得慈眉善脸的铁路女职员站那儿，一动不动，像一尊塑像似的，认真地打量着我们这些等候火车驶过的人群。呼啸而来的列车上装满了军队，士兵们全体从车窗里探出头来。车上是为了亲爱的祖国而服兵役、飞驰而过的军人，路边是呆立着的、手无寸铁的老百姓，他们相互挥着手，热烈地欢呼着，高喊着一些爱国口号，真是可歌可泣的动人场面。一会儿那栏杆打开了，我和所有的人一起又心平气和地往前走，觉得现在周围的一切突然比刚才要美好一千倍。散步也好像变得更加美好，更加丰富。

这铁道路口似乎是本次散步的高潮或中心点，从这里开始，散步的情节好像会不知不觉地下行。我微微地有一种预感，下面就要开始一种黄昏落日的情形，我预感到一种类似金色伤感般的快乐，一种甜蜜的悲伤像幽静的雾气，或者像高高在上的上帝那样，环绕在我的身旁。"这儿真是美如天堂！"

我这么对自己说。这柔软的大地和它身上可爱但又谦逊的草地、花园、房屋，这一切就像是一曲让人失魂落魄似的离别轻歌，让人眼泪潸潸。古老的民歌伴随着善良、贫穷百姓如泣如诉的声调在四周回响，形象美妙、披着迷人外衣的神灵飘然出现，美丽的乡间小道也变得五彩缤纷，闪耀着湛蓝色、白色和金色的光芒。感动和愉悦犹如从空中飞下来的天使，落在金色和玫瑰色的小房子上，那是些平常百姓家的房子，它们被太阳柔和的光辉所环绕。爱和贫困与那金银的光泽形影不离。此刻，就像有人用爱在呼唤着我的名字，好像有人在安慰我、亲吻我。仁慈的主啊，至高无上的上帝此刻出现在路上，把这散步的路抹上了天堂般的绚丽光芒，我所有的想象和脑海里浮现的画面让我觉得基督似乎复活了、升空了，好像他现在就在我们中间，就在这可爱的地方四处漫游。房子、花园和人们都变成了声音，所有具像的东西好像都变成了灵魂和行云流水般的温柔。曼妙的银色雾霭和心灵之魂，飘飘袅袅，笼罩着一切。世界的心灵敞开着，人间的一切悲哀，一切失望，所有的罪恶、痛苦似乎都在消失，好像从现在开始永远不再出现。过去散步的情形又一幕一幕出现在我的面前，但眼下那幅谦逊含蓄画面的无限美好，让人感受到亲临其境。未来变得苍白，过去却又化为乌有。我在轰轰烈烈、繁花似锦的现实中热烈奔放。从近到远，伟大和美好的事物出现在银色的雾霭中，带着壮丽的姿态，幸福和满足，我身处其中，所及之处都是这绚丽的景色，除此之外，别无他想。其他任何想象都烟消云散，毫无意义。天空姿态万千，变幻莫测。我成为自我，我的散步好像在向内求索，外界所有的一切像梦一般，那些已经理解的事物变得难以理解了。我坠入了神话般的深渊，我把这一瞬间视为美好。所有被我们理解的、钟爱的，也同样在理解和钟爱着我们。我不再是我自己，而是成了他者，却又恰恰如此，我才又得以成为自我。在一种甜蜜的爱的光轮中，我认识到，或者说我觉得我应该认识到，拥有内心世界的人才算真正存在着的人。我的思绪向我发起冲击：假如那忠实的大地不复存在，那么我们可怜的人类又将如何存续？如果没有大自然的真、善、美，我们还会有什么？假如我不许在这儿安身立命，那我还会在何处？我在这儿拥有一切，而在别处我一无所有。

我所看到微小的、无足轻重的，恰恰是巨大的、意义深远的；同样，谦虚的，恰恰是诱人的；那近在眼前的，是美好的，可爱的，也是温暖的。在明媚的阳光下，有两座房子紧紧挨在一起，像两个好邻居似的，给我一种强烈的愉悦感。这愉悦感在柔和的、让人沉醉的环境中演变为另一种喜悦，让人喜不自胜。那两座精巧的小房子中间的其中一座是"熊旅店"，在旅店招牌上，那笨拙的"熊"字表现得恰如其分，又略显滑稽。整座房子被巨大的栗子树的树荫覆盖着，显得格外的幽静和舒适。里面肯定住着些和蔼可亲的客人，这旅店不像有些建筑那么高傲，而是体现了朴实和可靠的本质。所有视线能及的地方，都是郁郁葱葱的树林和草地。另一座小房子也同样可爱，就像童话书上画的一页美丽的插图。小房子的四周环境美极了，我马上深深地爱上了这座漂亮的小房子，打心眼里真想去那儿，租间房间，布置个小窝，今生今世就在那迷人的小房子里，或者就在那珍宝屋里住定了，尽情地享受着。不过十分遗憾，那种漂亮的房子总是早就已经租出去了，谁想要按自己的品位找间合适的房子租住，他总会沮丧的，因为道理很简单，空着的房子、能租得到的房子都是让你恶心的，或者激起你愤怒的。那座漂亮的小房子里一定住着一位单身女人，或者住着个老妇人，这房子就散发着一种什么气质，或者看上去是如此。如果允许的话，我会说，在这座房子里面，四壁的墙上挂着许多油画或者挂着高贵的壁画，这些画画得既欢快，又无比精细，画的都是瑞士阿尔卑斯山的风景，在这些风景画上面，又画着一座房子，就是那种伯尔尼高原上常见的那种房子。那些画作十分平庸，固然谈不上什么大师手笔，若硬要说它们都是惊世杰作，那肯定是狂妄无知。不过尽管如此，我还是觉得这些画很美，简单并且单纯，它们就是画的本身，就是这点让我感动。其实，任何一幅笨拙的画都会很快打动我，因为本来每幅画想告诉你的，首先是画家的勤奋努力，其次才会让人想到荷兰什么之类的。难道每部音乐作品，包括最悲哀的那种，对每个热爱音乐的人来说不都是美丽的吗？难道任何一个人，哪怕是最坏、最讨厌的人，对于他的朋友来说都是可爱的吗？在真正风景中的风景画是变幻莫测、引人入胜的，这点是无人可以辩驳的。至于那小房子里住着老妇人这样一个铁的事实，我其实并不想死命坚持，也就是说，我并不是不愿越雷池半步，不过是不愿急着再捡起这个话题。我只是感到有点诧异，我怎么敢在这儿把"铁的事实"这几个字眼挂到嘴边，我们用那张嘴一直在说充满人性的柔软话语，或者至少都在说人的感受和慈母般的预感之类。此外，那座小房子是刷成淡蓝色的，窗户是明快的绿色，上面洒着一层金光，好像在那儿微笑。那小房子四周环绕着迷人的花园，散发着美丽的芳香，小房子的顶上，簇拥着一丛丛最迷人的玫瑰花。

假如我没有生病，而是身体健康的、心情愉快的话，那么我就会愉快地继续往前走，我毫不怀疑这点，这也是我所希望的。我会来到一家乡间的理发店，对店里的情况、对店主我好像没有理由做任何描述，因为我持有这样一种观点，即：我还没有到必须理发的紧要关头，尽管那样的话也许会非常有趣。此外，我还路过了一家鞋匠铺，它让我想起了那个文学天才，但是命运悲惨的伦茨[1]，他在精神错乱的时候学做鞋子，成了鞋匠。哦，路过一所学校，要不要走进漂亮的校园去看看，去看看那儿最严厉的女老师是怎样监考、怎样教导学生的？在这种场合下有必要指出，本散步者非常愿意瞬间回到少年时代，重新变成一个顽皮捣蛋的学童，重新走进学

---

[1] 雅各布·米歇尔·莱茵霍尔德·伦茨（Jakob Michael Reinhold Lenz，1751—1792）德国狂飙突进运动时期的著名作家。

校上学，这样，本散步者可以再次获得被打屁股的机会，这往往是因为他调皮捣蛋，咎由自取。

由于我们说到打屁股，那正好顺便补充一点，我们大家似乎都认为，假如一个乡下人为了几个卑鄙下流的臭钱，置他故乡的美丽景色于不顾，也就是说，他毫无顾忌地伐倒了他家门口的一棵古老、高大的核桃树去卖钱，那么就该狠狠地教训他一顿。我正巧路过一家漂亮的农舍，那里真的有一棵高大茂盛的核桃树，这时我脑子里突然想到这打屁股和做买卖的事儿。我大声地叫出声来："这棵高大茂盛的核桃树可以遮荫、可以美化整座农舍，这棵大树给整座农舍带来了安定又温馨的家庭感，它是守护神，是神圣的，它那千百条枝叶就是千百条鞭子，抽打着那无情无义、不要脸的主人，他竟然想要毁掉那绿茵茵的树枝，要砍倒了它去卖那几个臭钱，去满足这世上最卑鄙、最可恶的愿望。应该把这种歹徒逐出社会，将这种坏蛋和捣蛋分子流放到西伯利亚或者火山群岛那种地方去，不过话说回来，谢天谢地，还是有许多好心的农民，他们对故乡的山水还是有一片善心和柔肠的。"

也许我对树木、对什么钱不钱的、对那农民、对发配到西伯利亚、鞭打那伐树农民的屁股之类的话说得过于激烈。我得承认，我气得有点头脑发昏，不过热爱树林的朋友们会理解我的愤怒的，也会同意我对伐树人的过激言论。那鞭腚一千的建议我可以暂且收回，不过那"傻瓜"的称号我还是要在热烈的掌声中赠送给他。我鄙视"傻瓜"这个粗鲁的字眼，因此请求读者千万包涵。由于我已经多次不得不请求读者原谅，所以我对恭敬的"请原谅"这个词已经运用得几乎熟能生巧了。"无情无义、不要脸的主人"那句话其实也是多余的，那是不必说出口的怒气，道理是明摆着的。我看到有人要伐倒那棵高大茂盛的核桃树，感到无比心痛，所以就停住脚步，流露出愤怒的表情，这是谁也阻止不了的。"逐出社会"这话也说得太冲，有关"铜臭"之类的，我把它描写成卑鄙，不过我得承认，我自己在关于铜臭问题上也并不清白，也曾经有过一两次亵渎过清白的时候，也犯过错误，所以我对那种贪婪的小人之心其实并不陌生。这么说来，我好像在执行某种悲观主义政策，就像人们特别愿意看到的那样，但是话得说回来，我执行这样的政策完全是必要的。绅士风度和礼仪要求我们充分注意，我们对待别人要像对待自己那样苛刻严厉，同时，对待别人也要像对待自己那样温柔多情，在后面一点上，众所周知，我们无论何时何地都做得到。我在这里对自己的缺点错误进行清算，并且痛改前非，难道不可爱吗？我在做自我批评，这表明我是个好好先生，等我把棱角磨圆、把硬的泡软，我也就成了极有耐心的和事佬，我展示出打哈哈的本事，那我就是个外交家。总之，面子是丢尽了，不过我仍然希望大家能看到我的好心。

假如现在还有人说，我是个专横跋扈的人，专制独裁，那么他肯定是在信口开河，我可以这么认为，也就是说，我斗胆地希望，我有权力这么来说：那个说我专横跋扈的人肯定是弄错人了。我想，除了我，不会有任何作家像我那样温柔，会常常替读者着想。

好，现在我可以将宫苑或者贵族宫殿贡献给诸位了，那儿的情景如下：我冠冕堂皇地登场了，在我眼前这座花园环绕、近乎衰颓的贵族旧日宫殿或者中世纪贵族的破落豪宅里，曾几何时，爵位显赫的老爷和骄傲的骑士们出没频繁，在那儿甚至可以建立一个王国。在这里，人可以抬头挺胸，受人敬仰，被人嫉妒，可以让人五体投地，钦佩不已。一个贫困潦倒、却又自认高尚优雅的文学家住在这种宫殿或城堡里，心里会觉得无限荣幸和满足，这城堡里面庭院深深，镶嵌着贵族族徽的豪华马车进进出出，好不气派。一个落魄、但又贪图享乐的画家做梦也想不到有朝一日能在这座古老的城堡里住上几天。一个有教养的、但却几乎沦为乞丐的城市姑娘带着忧郁和梦幻，憧憬着城堡里的荷塘月色、琥珀假山、堂皇客厅和豪华马车，她想象着自己如何受到乖巧的仆人周到的服侍，接受高贵的骑士不尽的殷勤。

眼前的那座宫殿虽然历史悠久，但大门上镌刻着"1709 年"的字迹依然清晰可辨，这自然使我的兴趣陡增。作为考古学家和自然学家，我总是带着某些神魂颠倒的心绪去考察这古老的、奇特的、梦境般的花园。在那儿，我看到一个迷人的池塘，中间有座喷泉，汩汩地喷着泉水。池中我轻而易举地发现了一条长达几米、世上最罕见的大鱼，我立即断定，那是一条孤寂的鲸鱼。同样我也看到、发现了一座亭子，并用罗曼蒂克的激情断定这是一座毛利人风格或阿拉伯风格的亭子。亭子被各种各样的颜色描绘得鲜艳无比，有非常漂亮的天蓝色、神秘星星般的银白色、金色、棕色和高贵庄重的黑色。我估计，或者说我极其细腻的感觉告诉我，这座亭子大约是 1858 年前后的建筑，或者是那个时间建成的。

这种探查、揣测和嗅觉也许能让我有权在市政厅的大礼堂面对以鼓掌为癖的观众做个专业报告。此时,我的面部表情必须是自豪加自信,给人一种确信无疑的感觉。这场报告很有可能第二天就在当地见了报,这对我而言当然是再好不过了,因为现在的报纸对这种重大事件往往一字不提。就在我孜孜不倦地研究那座阿拉伯或者波斯亭子的时候,我忽然想起:这里的夜晚一定会无比的美,当浓浓的夜幕降临,枞树林在黑暗中悄悄地露出轮廓,子夜的感觉摄住孤寂的游子心绪。此时,一个一身珠光宝气的靓丽妇人,裙衫透迤,一袖暗香,提一盏蜜蜡般乳黄色微光的夜灯,翩然走进这亭子去。接着,假如我的梦允许的话,她心绪万千,惆怅无限,在一架钢琴前,当然在我们所描述的城堡里自然是会拥有这种钢琴的,她开始弹奏有自己独特风格的曲子,这时,她还用那纯美的嗓音唱起了动听的歌。在这种时刻你会怎样去凝神静听,会怎样沉浸在美梦之中,又会怎样在如此美妙的小夜曲中陶醉。

不过那可不是午夜,也根本不是中世纪骑士时代,更不是十五世纪或者十七世纪的某年某月,而是光天化日之下的一个工作日,一群人和他们身边的那辆汽车，他们是我遇到过的人中最无礼、最没有骑士精神、最粗野和厚颜无耻的。他们的出现以极其残暴的方式破坏了我学者型、罗曼蒂克式的观察和想象，他们一翻掌就把我从追忆往事的梦境中唤醒，把我从优雅的城堡诗文里拉了出来，以致我情不自禁地高喊："你们这样阻止我做最细致的研究，阻止我沉浸到最优美的想象中去，简直是无礼至极，几乎让我解除了精神武装，但尽管如此，我还是愿意善待你们，我即便蒙受了如此奇耻大辱，也要亮出宽宏大量的风度。甜蜜的恰恰正是稍纵即逝的美好可爱的念头，甜蜜的恰恰正是那些珍贵的油画因年代久远而沉沦的黯淡之美。不过，你没有理由因此就与现实世界，或者与周围的那些人背道而驰，千万不能因为他们让你失去了对历史和知识的兴趣而去怨恨他们、怨恨周围的事物。"

"这会儿要是来一场雷雨一定非常痛快，"我一边走，一边心里暗想，"我希望能在适当的时候享受到一场雷雨。"一条壮实肥硕的大黑狗很老实地趴在路旁，我对它极其认真地说了以下的一堆废话："看来，你对我这个一无所知、没有教养的毛头小伙子真的没有要站起身来、用你那黑乎乎的前爪招呼我一声的打算。你可是清楚地看到了，我的脚步和朝你而去的样子都充分说明我是一个人，而且，还是一个在国际都市、在大城市里生活过整整七年[1]的人。你可要知道这个人在这七年时间里都只是跟有教养、有身份的人打交道，你说他哪一分钟、哪一个钟头不是在与上等人厮混？更不用说哪年、哪月、哪个星期了。你是谁？什么？你连个答话都不给我？那你继续趴在那儿吧，你尽可以看着我，不要做鬼脸，别动，就像一座雕像那样一动也别动，你这个不要脸的东西！"

事实上我是喜欢这条大黑狗的，它忠诚、警惕，安静得充满了幽默，又显得那么潇洒，使人一看就知道是条漂亮老实的看家狗。就因为它那么开心地看着我，所以我才同它说了上面这番话。由于它听不懂人话，所以我才那么狂妄自大，把它臭骂了一顿。但是大家只要一听我那诙谐的话语就会明白，我不是当真的。

这时，我看到一个衣着得体的绅士经过，他昂首挺胸，大摇大摆的姿态让我陷入忧思：难道您没看到那么多衣衫褴褛的可怜孩子？一个衣冠楚楚、打

---

1 暗指瓦尔泽 1906 年至 1913 年在柏林的七年逗留。

扮优雅、西装革履、装腔作势的绅士没有一秒钟会想到，这世界上还有那么多的穷人生活在水深火热之中，还有那么多儿童破衣烂衫，食不果腹。你却好似孔雀开屏，孤芳自赏，真不害羞？这位先生脚步那么潇洒，你看到路边那些衣衫褴褛的脏孩子、穷孩子没有，你当真没有一点动心？我想，假如这个世界上还有贫苦的孩子，他们连一件好衣服都没有，那么就不应该有成年人由着自己的性子精心打扮。

不过话又得说回来，又没有人可以理直气壮地说，只要世界上还有监狱，还有劳改营，还有囚犯在那儿受苦，就不许人去听音乐会，不许去看戏，或者去享受诸如此类的精神文化。那样的话，可就不着边际了。假如有人要等这世界上没有不幸，没有苦难，没有穷人，那就尽管让他等吧，等到天荒地老，等到世界末日也未必能等到，再说，他即便能够等到那个时候，他自己享受的乐趣大概也荒芜得差不多了。

一个头发散乱、精疲力竭、步子踉跄的女工迎面朝这里走来，她看上去明显是累极了，相当虚弱，但是脚步匆匆，因为她看上去还要去做其他许多事情。在这一瞬间我想到，那些有钱人家娇生惯养的大小姐，还有那些大家闺秀，她们哪里会知道自己的一天是怎么度过的。她们整日无所事事，也许从来也没有体会过什么叫做真正的累，她们只是整天，或者天天苦思冥想，穿上什么服饰才能让自己光彩夺目，她们把大把大把的时间都花在镜子面前的矫揉造作上，以便能够更加夸张地装出弱不禁风，或者装出一副甜美的样子。

不过我自己倒常常对这些纤弱多情的女子、飘飘若仙的美女投入爱意和崇拜之情。只要是一个豆蔻年华的少女，就可以对我随意发号施令，不管她要什么、想怎样，我都会闭着眼睛依着她。哦，如此美妙，如此迷人！

现在我又要回过头来谈谈建筑艺术，同时也顺便谈谈文学和艺术，不过只是谈些皮毛而已。

在这之前本人先要声明一句，一般来说，在古老高雅的楼房、历史建筑遗迹上，人为地镶上很多图案去做装饰，结果总是让人大倒胃口。谁或者谁让人在古建筑上面画蛇添足，那么他是在让人糟蹋高雅和隽永，作践我们对勤劳勇敢、高贵文明祖先美好的回忆。其次，千万不要在喷泉这类建筑物上用花丛、花环来装饰，花本身就是自然，就是美，它们的存在不是为了起哄，不要在美丽的本身，在本来就很华丽的石雕建筑上面多此一举。爱花的情结常常会演变成非常愚蠢的花癖。知名人士、大官老爷们可以先到权威的地方去打听一下我说得有没有道理，然后再投其所好为妙。

这里要提一下两座精美优雅的建筑，它们使我如醉如痴，几乎到了忘我的境地，也就是说，在我继续往前散步的过程中有一座罕见迷人的小教堂，我马上称它为"布伦塔诺教堂"，我用德国伟大的浪漫派诗人的名字来命名它，那是因为我看到这座教堂是浪漫主义时代的杰作，梦幻般的拱顶上一层浪漫主义艺术那种一身金色，半明半暗的气氛。看到它，我突然想起了布伦塔诺[1]狂野晦暗的浪漫派小说《高特维或者母亲的石像》。那高高窄窄的拱形石窗，赋予这最原始古老的建筑一种柔和的线条感，使这建筑充满神秘感和一种发自内心对生活感恩的魅力，让人感到十分可亲。我想起了布伦塔诺内心火焰般的激情，也就是说，那是一种他在描写德国橡树林时的激情。不一会儿，我站在一座别墅的"阳台"上，

---

1 克勒门茨·布伦塔诺，1778—1842，德国浪漫派代表诗人。

它使我想起画家卡尔·施道夫尔－伯恩[1]。他曾在这儿住过一段时间，同时也让我想起柏林皇家狩猎园大街上一些非常显贵的建筑。那些建筑不仅风格严谨，而且气度非凡，典雅却不失简练，非常值得观赏。对我来说，施道夫尔－伯恩别墅和布伦塔诺教堂是两座纪念丰碑，但其风格却迥然不同，它们以各自的特色表现出不同的气氛、不同的文化和建筑意义。一边是含蓄冷峻的优雅，并一边是奔放热情的梦幻；一边美得优雅，另一边美得高深；同样是美，尽管这两座建筑问世的时间相隔不远，但这两种美的本质和内涵修养却不尽相同。这时，我的散步也逐渐接近黄昏，寂静的尾声也已经不远了。

也许这里还可以按照顺序来交代一下城市广场附近的日常景色和交通情况：在众多工厂、商店和企业边上一家大钢琴厂，白杨树簇拥的林荫道紧挨着一条黑黢黢的河流，男男女女、孩子们、有轨电车、电车发出的吱吱嘎嘎的声音，车里探出脑袋来的司令官、军官们，一群黑白花斑的奶牛、坐在牛车上的农妇，牛车轱辘发出的噪音，以及皮鞭的噼啪声，

---

[1] 卡尔·施道夫尔—伯恩，1857—1891，瑞士著名画家。

许多装得满满当当的运货车、运啤酒的车辆和啤酒罐子，从前线回来的士兵们，工厂里放了工、工人们潮水般涌出厂门，满目汹涌的人群和商品，对此却很少有人去做任何思考；整车整车的货物从火车站方向驶来，一队大篷车，车上塞得严严实实，那是马戏团，大象、马、狗、长颈鹿、斑马、笼子里关着的狮子露出狰狞的嘴脸，马戏团里有太平洋岛上来的僧伽罗人、印第安人、老虎、猴子、爬来爬去的鳄鱼、走钢丝绳的女人和北极熊，以及所有属于马戏团的财富，它们均按以下顺序排列：佣人们、道具服装箱、道具人员以及背着木枪的男孩们，他们要在马戏表演中模仿正在欧洲进行的那场战争[1]，以期把所有的战争女神都放出来；一个小丑哼着《十万只青蛙》的曲子，有点洋洋得意，此外还有拉着木料车的伐木工、两三只肥头硕脑的猪猡，看到它们，诸位会联想起香味扑鼻的烤猪排，烤熟了就放在面前，令人垂涎三尺，这是可以理解的；一家农户门口挂着充满哲理的警句，两个波希米亚女人、高卢女人、斯拉夫女人、萨克森女人，甚至还有穿着红靴子、黑眼珠、黑头发的吉卜赛女郎，看到她们这

1　指第一次世界大战。

种陌生的样子，不由让人想起通俗小说《吉卜赛女侯爵》之类，这个故事虽然发生在匈牙利，不过没有关系，或者想起《普莱茨欧萨》，故事源于西班牙，不过不必那么当真。接着是商店：纸店、肉店、钟表店、鞋店、帽子店、铁匠铺子、布店、外国货专卖店、香料和调味品店、女装店、小百货店、面包店、蛋糕店。所有这一切都披上了一层晚霞。除此之外，到处是噪音。学校、威严的老师，风景如画，空气清新。不能忽略或者不能忘记的还有四处可见的广告和招贴画："派希尔肥皂粉"、"玛戈牌汤料，名扬四海"、"大陆牌橡胶鞋底走遍天涯"、"土地出让"、"牛奶巧克力甲天下"或者什么我还不知道的。天下之大，无所不有，无奇不有。假如要这样数下去，把所有看到的都一一列出的话，那就没完没了了。还不如突出重点，窥斑见豹的为好。一张广告招贴跃入我的眼帘，上面写着：

食宿酒店

或者"贵族绅士宾馆向各界人士推出美味佳肴"

云云。凭良心说，这些所谓的珍馐美馔、琼浆玉液，只是让贵人们享用的，所以只能让绅士们口水横流罢了。而真正饥肠辘辘的，在此就免提了。我们所见到的那种把炒菜煮饭提升到所谓的烹饪艺术，那可是一门高深的学问。不过，我们还是点到即止为好，我们宁可看到那些真正有地位、有学问的人坐在那儿大吃大喝，而那些一个月或者一个礼拜的工钱还不够酒钱的，我们就最好别碰见了，这是真的。我们所敬重的，是令人尊敬的酒店里面的气派和绅士们优雅的风度举止，靓丽的小姐端坐在用各种鲜花点缀装饰起来的高雅餐桌面前，在金盘银碟间享受山珍海味与最优质的服务。我们之所以这样说，是为了让求职者们充分认识到，正确地举手投足是何等的重要！只要高贵的绅士先生一踏进我们豪华尊贵的酒店，你就必须拿出风度，马上提供最整洁、最勤快的服务。至于浪荡公子哥儿、寻衅滋事者、喜欢吹牛瞎侃、狂妄自大的人，我们历来坚决拒之门外。那些自认为有理由属于上述类型的好汉，请您不要靠近我们这家一流酒店，请您千万保重自己，不要来给我们添麻烦。其他任何有礼貌、平和、客气、笑容可掬、优雅、有涵养、友好、愉快，但并不过分狂野，而是安静愉快的，最主要是付得起账、钱包鼓胀、按时买单的客人，我们一概伸出双臂欢迎，这些人会受到最优质的服务，会享受到最文明、最优雅、最殷勤的招待。这点我们完全可以用名声保证，并将此诺言铭记于心，永远恪守。如上所述的那种高绅雅士，将在我们的菜单上轻易地点到各种精美佳肴，而在别处，他得付出九牛二虎之力。道理十分简单，我们的厨师出手非凡，经他烹制出来的菜肴，全部都是烹饪艺术中的惊世骇俗之杰作，任何只要踏进我们高级酒店的客人都有机会来证实这一事实，我们会每时每刻让他想到这一点，并且鼓励他主动去证实这一点。此外，我们这里上桌的菜肴不仅口感上乘，而且决不缺斤少两，保证客人的健康需求，客人绝对不可能有任何驰骋人类想象力的机会，因为面对客人喜悦到惊愕的脸色，我们端上来的一道道菜肴绝不可能是他想象力所能涉及的，他在佳肴面前只有流口水的份儿，而绝对没有挑碴的心。不过，就如已经多次提及的那样，我们的客人都是些有头有脸的绅士，此时此刻，请允许我们在这里排除一切误会和怀疑，再次重申我们在这方面的态度：在我们眼里，只有那些充满自由和优越感的人，从任何方面来看都高人一等的人，才是绅士，才是上等人。那些寻常百姓、芸芸众生是不配来我们这里的。按照我们的观点，一个绅士脑子里通常转悠的是虚荣和愚蠢，他善于把主要精力放在想象中。比如，他想象自己的鼻子比其他任何理性完美的人鼻子都要好得多，因此，绅士潇洒举止的主要目之一，就在于千方百计地提醒别人，他拥有这么一个特殊的鼻子。这一点我们完全可以相信。而谁只是一个好人，正直、诚实，而没有其他特殊的优点，那就敬请离我们远一点儿，因为他在我们眼里似乎不是优雅的绅士。至于如何分辨谁是优雅的绅士，我们有非常细致和完备的鉴别标准，从他走路的姿势，从他说话的嗓音，从他与人交往的方式，从他的面部表情，从他的一举一动，特别是从他的衣着打扮、他的礼帽、手杖、他西服钮扣孔上是否别着一朵小花等等，就马上能够确定他是否是位真正的绅士。我们用深邃的眼光洞察一切，不过这绝对不是巫术，我们能大着胆子说，我们在识别谁是谁非这一点上是有些天赋的。好了，现在大家知道了，我们只跟哪些人打交道，假如我们远远看到有个人朝我们酒店走来，一旦我们确定他既不配与我们来往，又不配踏进我们酒店，那我们老远就会对他说："我们非常遗憾，十分抱歉。"等等。

兴许会有两到三个读者可能对我们以上所做的酒店广告持有某些怀疑态度，他们也许会对自己说，不要去相信这些东西。

是啊，也许这儿或者那儿会出现一些重复和啰嗦，那也是在所难免的。不过我必须承认，我把大自然和人生、把生活视为美的化身，它们是那么富有魅力，即使反复去说、去写也不为过。此外，我还得承认，我甚至把反复地写、反复地说，都看成是神圣的祈祷。当然，有些人写东西靠的是通过刺激的方式，去满足人人都喜欢猎奇的心理，助长了他们只喜欢猎奇的坏习惯。这种人每分钟都要享受从未感受过的刺激。作家绝对不能为这些人写作，就像作曲家绝对不会给这种人作曲、画家不会去画这种人一样。总的说来，我觉得那种只喜欢享受和品尝从未见识过的东西的欲望，只说明人的孤陋寡闻、缺乏精神世界、不会领略大自然之美、理解思考能力等等，或者他们根本就没有这种能力罢了，只有孩童才会那样，因为你得不断地给小孩看新鲜的东西，他们才不会来烦你。真要想写点东西的作家不会堆砌一大堆素材，去满足读者贪婪的猎奇心。这样看来，作家不应害怕在写作上自然而然地产生的一些堆砌和重复，尽管他理所当然会竭尽全力去避免太多的重复和赘述。

现在真的要到晚上了。我来到了一条僻静、美丽的小路上，或者说那是一条岔道。小路在树荫下延伸，一直通往湖边，这次散步就要在湖边结束。在湖边的一片桤木林里，有一所男女混读学校，牧师先生或是校长先生正在晚霞中诲人不倦地给学生们讲自然课和世界人生的道理。我慢慢地往前走，脑子里浮现出两种人的形象。也许是因为疲倦了，我想到一个美丽的女孩，想到自己孤寂地浪迹天涯，觉得这好像太不公平，我感到有自责的情绪向我袭来，并且堵住了我前行的路，我得与之搏斗一番。此时，痛苦的回忆笼罩着我，自责使我心情万分沉重，因此，我开始在周围，也就是说，在树林里，在路边地上采集花朵。天上飘下轻柔的雨点，使得柔软的大地变得更加柔软、更加宁静。我觉得，这点点雨珠似乎就像泪珠，我一边采花，一边倾听着那柔柔地落在花叶上的泪珠。温暖细柔的夏日之雨，你是多么地甜蜜！"我为什么要采集花朵？"我问自己，沉思着，把目光转移到地上，那温柔的雨珠让我更加沉浸在思考中，思考渐渐变成了一种悲哀。我想起了自己以往的过错，背信弃义、仇恨、傲慢、固执己见、狡诈、狠毒和其他许许多多丑陋的表演，还有肆无忌惮的激情、狂野的欲望。还有，我是如何伤害别人的，我是如何毫无道理的等等。这一幕一幕就像在舞台上演出的戏剧一样，表演着我过去的生活，我对自己的无数过错、所有的无礼和冒失发出不由自主的惊叹。这时，那第二个形象出现在我眼前，我突然又看见几天前躺在树林里的那个苍老、疲倦、贫穷潦倒、孤寂的老人。他是那么可怜，脸色那么苍白，仿佛受尽死神的痛苦折磨，他那悲惨的、孤寂的眼光让我感到毛骨悚然。我在冥想中注视着这个老者，我身体变得无比羸弱。我有一种要躺下的感觉，岸边正好有个地方可以让人悲伤，我也已经相当的累了，于是就在一棵大树下柔软的草地上躺下身来。眼望着茫茫大地和天空，我心中泛起无限的惆怅，我在天地之间原本是个可怜的囚犯，所有的人都以这样的方式被囚禁在天地之间，对所有的人来说，面前只有一条黑暗的道路，那就是走入坟墓，也就是走进大地。除此之外没有第二条路通往彼岸世界，只有走进坟墓这一条路。"这样，所有的一切，如丰富多彩的生活、美好迷人的景色、生活的乐趣、人类的意义，家人、朋友、爱人，充满神祇般的、明亮柔和的空气，父母的房屋和爱意，温馨的街道，有朝一日都会灰飞烟灭，都会消失，还有天上的太阳和月亮，人的心灵和眼睛。"我躺在那儿沉思了很久很久，默默地为那些或许受了我伤害的人祈祷，请求他们的宽恕和原谅，我迷迷糊糊地躺了很久很久，直到我又想起那个女孩儿，她是那么年轻，充满青春的活力，有一对甜蜜、善良、清澈的眸子。我想象得出，她那少女的嘴唇是多么可爱，还有她那双颊，她婀娜、带着音乐感的柔软身体，她身上的一切都在向我散发着迷人的魅力。我想象得到，我早些时候是如何问她问题，她又是怎样带着疑惑和犹豫、低低地垂下她那美丽的眼帘，我想象，当我问她是否相信我对她真诚的爱、对她的倾倒、对她的忠贞和柔情时，她是怎样用一个"不"字回答我的。当时的情形让她只能离开。也许，我当时还真的来得及说服她，证明我说的一切都是为了她好，证明她的善意对我很重要，同时，我有许多美好的理由，要全心全意地让她幸福，因为只有这样，我自己才会幸福；不过后来我放弃了这些努力。她走了。为什么要送花？（难道我采集鲜花是为了献给我的不幸？）我这样问自己。手一松，花儿撒满一地。我站起身来，准备回家。天色已经很晚了，四周一片黑暗。

托波特 (II)[1]

有一天,一个特别沉静,名叫托波特的男人对我述说道:我原来叫彼得。他用平静的声调继续对我讲述:我坐在一间冷僻的小房间里,写诗,梦想着富丽堂皇的生活,梦想着女人的爱和许多许多美丽的东西。晚上我从来不睡觉,失眠反而让我感到高兴,我总是醒着,脑子里不停地转动着无数想法。大自然和通往草地、森林的那些隐隐约约的小道令我如醉如痴,我整日不停地想象、做白日梦,尽管如

---

[1] 瓦尔泽写过另一篇名为《托波特 I》的剧本,发表于 1913 年。本文为瓦尔泽于 1917 年创作的散文。

此，其实我还是不十分清楚我究竟向往什么或者期待什么，我心里清楚，但又不清楚。不过，我深深地热爱着这种游离不定的期望，因此，我绝对不愿意看到这种期望化为乌有。我渴望冒险，渴望出人头地，我向往浪漫。我用彼得这个名字写下的诗文，很多年以后我改用奥斯卡的名字在合适的机会和合适的时间发表出来，我常常像发疯似的嘲笑我自己，我心情良好，喜欢调侃。作为诙谐的朋友，也就是说，当我心情特别好的时候，我叫自己温泽尔，这名字中间似乎蕴含着一些诙谐、幽默、乐世和滑稽的东西。早在做彼得的时候，有一天，我感到非常沮丧，所以此后我便再也不当彼得来写诗了。后来我一转念头，梦想当个军官，不再想当什么渺小的人物。瞧，年轻人的梦是多么幼稚可笑。当时我曾经深深陷入一种无限的惆怅，不过，我的同学大多也都是如此，都好不到哪里去，比如，弗朗茨渴望成为伟大的演员，海尔曼想成为音乐演奏家，亨利希天天想去豪华酒店给人当服务生或者仆人。不过后来他们明白了这些梦想是多么的幼稚可笑，他们一个个地从天上的梦境中摔到了地面上，后来，他们都当了兵，上了前线，或者成了平庸的官员，驯服的良民等等，具体情况我不太清楚。我则相反，深深陷入悲哀之中。那是一种一事无成的悲哀,在这个世界上,我什么也成不了。我跑进森林,觉得林子是如此的温馨可爱,如此甜蜜。由于我渴望立即结束生活、结束一切,于是我大声地呼喊、大声地哭泣,请求死神快快降临。这时,善良、慈悲的死神披纱拽带地从枞树林里显出身影,向我走来,把我紧紧地搂在她的怀里憋死,我可怜的胸脯不幸被挤压得粉碎,灵魂顿时消散不见。然而,在通往生命彼岸的过程中却诞生了一个新人,这新人后来就被称为托波特,他就在你面前,跟你讲述眼前这一切。成了托波特以后,我就觉得我获得了新生,而事实上也确实如此,我用新的眼光去看世界,新的乐观精神给予我出乎意料的勇气和力量。以前我从来不信的希望和前途这时突然出现在眼前,像要来亲吻我,生活突然一下子变得绚丽多彩和无比欢快,它突然出现在那朵灵魂之花面前,这灵魂可以说一半是被重新发现,另一半则获得了新生。我经过了死亡,回到生活之中。为此我必须先死去一回,然后才能具备重新生活的能力,直接从过去那可怕、乏味的生活中解脱出来,现在我对生活有了新的认识,开始懂得真正享受生活了。当彼得的那会儿,我对什么叫生活这类问题连想都没去想过,也从来没有对生活有过什么看法,所以我必须得先死去一次。假如你没有自己牢固的、超乎一般的生活观、世界观之类的把你从对生活中的失望中解救出来，那么生活又是何等的沉重。因为荣誉、名声或者诸如此类的东西现在对我已经没什么吸引力了。我不再两眼朝上，死盯着高尚、伟大的东西不放，现在我获得了对细小的、不起眼的东西无限的热爱。我在这种爱心的滋润下，看到眼前的生活十二万分之美好、公正和善良。我心甘情愿、极其乐意地彻底放弃所有的好胜心和荣誉感。有一天我会成为仆人，并且会以这样的身份走进伯爵的城堡。

此外，我以前还满脑子胡思乱想，后来有些念头随着时间的推移甚至变成了固执的死脑筋。有关这些，我曾经有幸与某一位聪明、高雅、并且非常有名望的绅士进行过一次非常热烈的讨论，对此我直到今天仍然记忆犹新。那看上去或者实际上的确有点神经兮兮的想法曾经塞满了我的脑子，让我终日不得安宁。思想往往在现实生活、在具体化的实际中死亡，而我总是希望脑子里跳跃的理想或迟或早会成真，变成活生生现实的东西。"依我看来，您是不适宜当仆人的。"那位先生曾经那样对我说过。我有幸对这种评价给出回答："当仆人非得要合适吗？

我跟您一样，也同样认为我完全不合适当仆人。不过，尽管如此，我还是想当，并且必须要在实现这个绝妙的想法之后死去。因为我内心有一种尊严，无论怎么说，内心有尊严是件好事，因此必须得有。我长期以来脑子里一直转悠着的东西，到了某一天，它'应该'，同时也'必须'变成现实。至于我是否合适当仆人的问题，这在我看来倒是个次要的问题。另外，做仆人这件事究竟是一个聪明之举，还是一个愚蠢的想法，这在我眼里则与上一个问题一样，也是无足轻重的。也许成千上万的人们脑子里都有各种想法，却又不去实现它们。因为他们觉得去实现这些想法既非常困难、非常复杂，又十分可笑、愚蠢，或者根本没有什么意义。我却认为，去实现自己理想的行为，本身就是件好事情，因为这需要勇气。所以，这种行为一定是健康的、合理的。至于这一行为是否存在成功的希望，对我来说则又是次要的了。重要的、决定性的是拿出勇气和决心来，有朝一日把脑子里成天在想的东西去付诸实施。就这样，我现在要把我的理想变成事实，仅仅就这个要实现理想的想法，就是我最大的满足。在某种情况下，聪明并不能让我幸福，最起码现在暂时还是如此。难道骑士堂吉诃德不正是因为他的可笑和愚蠢才成为真正幸福的人的？反正我是绝对不会怀疑这一点的。假如生活中没有一点点荒诞，没有一点点特别的东西，那还叫什么生活？如果说可怜的堂吉诃德把脑子里十分好笑的骑士想法变成真的，我也要实现我的仆人理想。毋庸置疑，即便我的仆人理想不比骑士堂吉诃德的想法荒唐，至少也与他的想法不相上下。您的谆谆教诲对我又会有什么作用呢？人都说要身体力行，要去实际体验和感知生活，假如有可能的话，我愿意那样去做，让切身的体会和直接的经验来教诲我。"我就是如此这般地回答了那位绅士先生，他非常高贵、充满智慧地微笑着，耐心地听着我的回答。

　　我读过韦德金德[1]和魏尔伦[2]的作品，曾经欣赏过无数的画展，我得老老实实地在这里坦白，有相当长的一段时间，我还天天穿着一件燕尾服，带着白手套装高雅，还不时地在豪华的咖啡厅里进进出出，在那儿花天酒地。我对文学的无比爱好把我带到高雅的绅士那儿去，这些人都因智力出众而喜欢说话拿腔拿调，据说这样更便于代表当今的一切学问和修养。我还结识了许许多多重要人物，他们

1　弗兰克·韦德金德，1864—1918，德国戏剧家。
2　保罗·魏尔伦，1844—1896，法国象征主义诗人。

都很可爱，他们的外表和知名度强迫我马上想要竭尽全力地去追逐名利。我还曾经一度常常以最符合时尚、最时髦的公子哥的模样招摇过市，丢人现眼。但是那样的生活方式并没有使我得到满足，反而最终迫使我做出由自己去改变我自己的决定，迫使自己成为点什么，或者进一所学校之类的。光靠读书是没有用的，关键是要弄明白，什么叫作跨出坚定有力的第一步。暮夏的某一天，我来到了一个偏僻的乡村火车站，一辆三驾马车已经在那儿恭候我了。"您就是托波特吧？"马车夫问我。对他的问话，我做了肯定的回答，于是他允许我爬上车去。与我一起上车的还有一个贵族小姐，或者说一个老处女，她待人十分友好。这是开头。

属于开头的还有以下几个小情景：当我们坐着三驾马车或者简陋的货车驶入城堡大院的时候（我这辈子还是第一次看到这种城堡），那个贵族小姐或者说女佣人模样的女人以敏捷优美的身姿跳下车去，小步奔向一位身着考究绿色猎装的贵族青年，在他面前，那小姐行了个姿势优美、从某种意义上说类似法国古典的屈膝礼，这动作充满了崇敬，她飞快温柔地亲吻了伸到面前的那只高贵的手。这吻手礼对我这种首次进城堡的新人来说不仅大开眼界,而且还大吃一惊。"这儿还的确古风犹存!"我觉得自己禁不住轻声赞叹。紧接着我就得出这样的结果:那个潇洒的贵族青年,也就是刚刚被灵巧、恭敬地吻过的那只手的主人,原来是伯爵大人的秘书或机要随从之类的人,他出生在丹麦,有关这个人物下面还有机会提到。我自认为本人是一个把观察看成胜过一切的人,而面对这样一个人,竟然有个最粗野的汉子用粗俗和压倒性的话语打断了我所有有用或无用的思考,他大声地嚷嚷:"喂!你,说你呢,过来!"这声音里流露出粗鲁和教训的口气。那粗俗的家伙,就如我刚刚得知,正是这宫殿的管家、总管或者门卫之类的,是个五大三粗、憨头憨脑的波兰人,我开始并不怎么喜欢他,不过后来随着时间的推移,我渐渐开始喜欢他了,喜欢他的原因恰恰是因为他的粗俗。此刻,我除了友好勤奋地服从"喂!过来!"这声吆喝之外,别无选择。这个管家就是我的上司,事情就是这样。

十分钟或者二十分钟之后,我站在了一间宽敞、布置漂亮、半明半暗的房间里,面前站着一位绅士,他就是我前面以极其恭敬的心情描写过的、我们已经有所了解的那一位,也就是说,我此时此刻正站在那个伯爵秘书或者说白净的丹麦人的面前。他的嗓音低沉优雅,德国话中微微带有些丹麦口音。毫无疑问,这种优雅的语调只有在宫殿里才听得到。他对我说了以下的一些话:"您就是托波特,是吗?从今天开始,您就正式受聘于伯爵大人先生,给他当仆人。我们希望您勤奋、忠诚、守时、顺从、礼貌、诚实、责任心强、忠于职守,并且能够做到随叫随到。您外表看上去还算不错,希望您的举止也能让人满意。您的一举一动从现在起就必须优美,要温文尔雅,宫殿里不欢迎有棱有角的人,也不喜欢大声喧哗的,不过,也不可能会有人那样去做的,这些请您永远铭刻在心。此外,您还必须知道,在这里说话一定要轻,在任何时候,您的举止都必须高雅得体,您假如还有什么地方够不上标准,还毛手毛脚的话,那就请您赶紧加把劲,把自己打磨光滑。不管您是否能够做得到这些,您都得从第一天起就试着每时每刻都用最谨慎的脚步走在这宫殿的地上。伯爵大人是非常敏感的,您一定要敏捷、矫健、准确、周到并且轻手轻脚。另外,我建议您要尽量冷静,表现出镇定,这一切您会在很短的时间内都学会,好在您外表看上去还不那么愚笨,现在您可以走了。"上面所有的一切他都是用一种轻盈、典雅、几乎有一点让人疲倦的、昏昏欲睡的声调说出来的,他这样语调,完全符合城堡宫殿的腔调,几乎像十七十八世纪的人。我向他深深地鞠了一躬,踮着脚离开了房间。

那个丹麦人说起话来像捏着鼻子似的,用他那丹麦腔细声细气的说话,活像一只小鸟在吱吱叫。那混账波兰人或管家则完全不同,他说的那一口德语就好像在鄙视和惩罚这门语言。不过,他并不因此而在人品上有丝毫逊色,他绝对是一个驯服、友好、善良的人。诚然,他把我带进了一所我从未见过、也从未去过的学校。"过来,托波特。"他每次都是这样呼唤我的,或者"你在哪儿,托波特?"他像只猎狗似的老是跟在我身后,总是催我:"快点干!"或者"喂,你得敏捷一点!"他说:"托波特,假如我叫你,你马上就要出现在我面前,一、二、三,听明白了没有?假如我跟你说,你可以走了,那么你就得猜出我的意图,在我说出口前,马上就走开。你要灵巧得像一阵风,转眼就到我面前,要坚硬得像一块钢铁,拖不垮砸不烂。如果你气馁了,那么我们就散伙。你应该在我这儿好好地学,学了以后好派用场。别老是去用脑瓜子想事儿，托波特，那不好。你每时每刻都得准备着，你要坚决地准备随时启动，去完成各项任务，你要像火柴那样，一点即着。注意，开始!"他就是以这样或诸如此类的方式令我团团转。有一次，由于我没去干活，而是待在自己的房间里吸烟，为此，他几乎要扇我一记耳光。当时，他像个魔鬼似的冲进我的房间，表情像是要侮辱我。我轻轻地抓住他的手，用深邃的目光注视着他，好像要把他看透似的，这目光比任何激烈的话语都要来得炽热和深沉。我们脸对着脸、鼻子对着鼻子对峙着，直到我小声地说："您不敢!"这时，他才突然变得温顺和小心翼翼起来，对了，他甚至变得多愁善感起来了。我充分地利用了这个极为有利的局面，赶紧跑出去报告伯爵秘书：我用坚定的语气回答伯爵秘书提出的各种善意的问题，并请求他马上把我从城堡中驱赶出去，把我从宫廷侍从的职位上开除出去。对此我向他说了以下这番话："我受够了! 我现在唯一的愿望就是趁着还有活命，尽快地、坚决地离开这座城堡。"

"那是为什么?"那位文质彬彬的丹麦人问道。

"因为管家凶神恶煞，是个粗俗透顶的家伙。还因为，我不是到这里来遭受这些粗俗和野蛮的。"我大胆狂妄地回答了他。

我得到的答复无外乎以下这些："我们不喜欢您的这种要求，我们必须非常友好、但同时也是十分严肃地向您指出，您还是平静下来，回到自己的工作岗位上去的比较好。至于管家的问题以后再说。"

随后我们谈论了那个鲁莽的家伙，这时我有点可怜他，因为我告了他的状，其实我也许大可不必这样小题大做。

公园和村庄极其迷人，秋天渐渐来临。我有了一套贵族仆人穿的制服，或者说有了一套燕尾服，对此我感到无比自豪。我开始逐步抖落身上的那些上不了大场面的羞涩和小家子气，开始学会有傲气、有自信心，甚至变得厚颜无耻起来。有一天，伯爵大人的贴身仆人觉得在什么地方受了委屈，有理由要在我身上发泄一下，于是就来教训我。那是在餐厅里，正是中午用餐的时候，当时我们四个仆人：男管家，贴身男仆，还有男仆首领和男仆助理正忙着上菜。在这种场合下，当然，这种场合下的一切总以最严格、最高雅和最隆重的方式进行。我刚刚勇敢地将一大叠干净的盘子像一座小山似的托在手上，正准备围着餐桌、围着正吃得津津有味的主人们展示我的风度时，那位贴身仆人走了过来，显然，我的潇洒给他留下了深刻的印象，因此他做出了责备和惩罚人时的那种表情。他轻轻地对我说："我们在这里不是表演侍者艺术，我有必要提醒您，请您脑子清醒一点，您对'尊严'二字竟然连一点点感觉都没有。要知道，您现在是在高贵的伯爵大人家里当仆人，不是在饭店酒肆里当跑堂的！由于您显然不懂尊重这两者间的区别，所以让人痛心疾首，我必须把这些话告诉您，让您大概能明白这个意思。现在请您将盘子放一半下来，要特别当心。"他脸上流露出对我极度蔑视的表情，眼神里充满了愤怒和傲气，足以说明他对我的鄙夷，他的语调里充满了那些高贵、甚至是最高贵的文雅的，这小子就是用这种语调教训了我，我永远都不会忘记他当时说话的口气。这个贴身仆人不管从哪个角度来看，都是我光辉的榜样，而我则肯定还远远没有到达这种可以给人做榜样的境界，当然，这点我每时每刻都是十分清楚的。不过，我总是觉得伯爵的贴身仆人有点可疑。

由于那管家看到我在真心实意地干活，所以相对来说也对我逐渐地满意了起来，这点他也的确对我开诚布公。不过，他是不会因此而轻易放弃老鹰捉小鸡游戏的，我总觉得他时时刻刻在背后盯着我。在这里，我还想叙述另一件滑稽的小事儿，虽然这件事情极小，但却很不愉快。那是我刚来城堡的那会儿，一次，我在公园树林里散步，恰巧碰上了日后管教我的那俩人中的一个。我可能当时身上明显地流露出一种主子的神态，所以他错把我当成主人了，非常恭敬地，也就是说，过分客气地与我打了个招呼。就这样，一个误会诞生了。这件事好像使他有了充分的理由，让我在日后很长的一段时间内都得忍受他的咆哮，尽管他实际上并非毫无道理。至于伯爵大人本人，我自始至终都没有遇见过，其实对我来说本来也毫不重要。相反，我对我的房间非常满意，它在一楼，就在地面上，对于我来说，这才是最重要的。有个英国佬，看上去好像是伯爵大人的挚友，在这里不能不提上一笔。这个人是英国军队里的上尉，在所有的事情上，他都表现得干净利落，一句话说了算。他所有的命令，或者他所有的建议都无比英明，因此也就毋庸置疑，只要立即执行就完了。有一点我不是很肯定，不知是否德国所有的城堡里都曾经住过这种德高望重的英国人，还是眼下正好有这么个英国佬在那儿，仅仅由于他的形象就看着让人肃然起敬。不管怎么说，我们这里的确有这么个英国人。我可以欣慰地说，他起到了举足轻重的作用。除此之外，我不想放弃任何感情色彩，我觉得我内心有一个强烈的欲望和冲动，想要告诉大家，这位英格兰先生看上去是一个十分有教养的人，并且不那么令人讨厌。在公众场合下，他首先给人一种极其简朴的感觉，其次，他那张聪慧的脸无时无刻不在提醒你注意他的友好、能量和教养。

那城堡自身则是一座巨大的建筑物，里面的宫殿有无数漂亮精致的房间，我能随意窥视其中的任何一间。它们的高贵豪华深深地吸引了我，令我的好奇心大增，我几乎流连忘返。有几间房间里面存放着大量的古玩，诸如出自注重矫饰和对女人百般恭维的那个时代的壁炉等等。一条长廊的地毯上堆满了各种各样奇异罕见的物什，这充分说明伯爵大人是个热忱的古董收藏家。图书室里笼罩着一种高雅的气氛，走廊通风宽敞，阳光能够充分地照射进来，走廊的两边墙上挂着各种历史名画，这些画以独特和诱人的方式证明了前人的艺术热情，比如家族祖先的肖像画、城市风光画等等。骑士大厅装饰得富丽堂皇，里面尽是些令人惊叹的精细家具，这些家具鲜活地重现了前人的艺术品位，其中有些家具精美至极，比如：桌子、椅子、灯具和镜子等。这里真的称得上金碧辉煌，让人产生一种前无古人、后无来者的孤寂感和崇高的遐想。另一间房间里面置放着的家具物什则出自十九世纪皇帝时代和比德迈耶尔时期[1]，那是个神经质、但又天才敏感的时代，比德迈耶尔的特点是平庸的小市民趣味与追求高雅、有格调、有品位生活方式的和谐统一。在会客厅里，一张奇特的旧雪橇非常引人注目。只有伯爵大人的卧室显得空荡和贫乏无味，除了一张用来祈祷和忏悔的桌子还算有点像古董，其他东西所体现的完全是现代的理性和简练。很明显，主人在刻意追求这一点。此外那个"空空如也"的风格（即空荡荡的、那种什么也没有的状况，大概可以这样来理解）却也极难表现。伯爵大人好像对英国文学情有独钟，比如说萧伯纳。

我最重要的职责之一是掌管城堡里的无数盏灯火，这是一件给我带来极大乐趣的工作，因为我对

1　指德国 1815 至 1848 时期。

此倾注了全部身心，极力去学习做好这项神圣的工作。每到晚上，在夜幕降临时分，我把环绕在黄昏中的、也可以说黑暗中的盏盏油灯点亮。伯爵大人喜爱漂亮的油灯和灯罩，所以要特别细心地去保养这些灯。在那些宁静的夜晚里，我一间间房间挨着去点灯，四处一片寂静，夜，充满了无限的温馨，这时，整个城堡在我眼里好像沉浸在梦幻之中。所有的房间似乎都沉浸在一种魔境当中，花园成了魔幻中的花园，我自己也好像在那轻柔摇曳的微弱灯光中飘浮，盏盏灯火犹如《一千零一夜》中阿拉丁的魔灯或者神灯。阿拉丁发现了魔灯能够应验人所许下愿望的秘密，一天晚上，阿拉丁走上了城堡巨大的台阶，台阶上面铺满了宽绰、华丽的波斯地毯，他把美丽的波斯公主搂入了自己的怀里。

我第二项任务同样重要，并且同样具有深刻意义，那就是生壁炉或者照管炉火。天气开始变得一天比一天寒冷，有关这第二项重要任务，可以这样说，它真的让我迷到如痴如醉的境地。生炉火和添煤加柴很早就是我最热衷从事的事业，这项工作总是给我带来一种特殊的喜悦。我除了给人们，也就是说给主人们送去光明，让他们透过我忠心耿耿地尽守职责而获得欢乐之外，从某种意义上讲，我还给他们送去了充满生机和活泼的温暖。这样，我就完全可以心安理得地说，我的功劳是显而易见的，我生炉子的任务几乎可以与艺术大师的创作竞相媲美。当然，艺术大师们创作的意义是普遍公认的，不过他们是否真的给人送去温暖这一点似乎是值得商榷的。在我看来，最动人的事是照管壁炉，我可以在壁炉前面蹲上半个时辰，痴痴地看着那千变万化、欢快蹿跃的火苗，它们是那么的神灵，那么的优美。每当我聚精会神地观察这火苗时，我的整个身心就会被一种无限的宁静所笼罩，一种舒适和安然的感觉就会在我专注观察这奇特火苗的眼神中油然而生，它那熊熊燃烧的火舌，它那热烈奔放和柔情浪漫，把炉火的本质与内涵表现得淋漓尽致，它让我真正地领略到"幸福"这个字眼所包含的无限意蕴。至于来来往往地运送煤块，以及烂柴木、粗笨但用来烧火十分有用的木块和大大小小的边角木料，或者我从地窖里搬煤块而弄得满脸满身的煤黑，以致遭受那城堡管家大声的训斥，每次他都对着我喊："托波特！你看你都成了什么样子了！"这些我就不想再多提了，否则不但会太啰嗦，而且还会引出歧义和误解。

暮秋的绵绵细雨和城堡花园的静谧夜色总是极其美好。每当这种时候，我一般总是静静地坐在自己的房间里，在灯光下读书或者做梦。窗户敞开着，这时，整个美丽的夜色世界会像好朋友似的悄悄潜入我的房间，来到了我的身边，给我的心灵注入勇气、安慰和自信。那个粗鲁的波兰人，也就是我们所熟悉的那位管家先生，常常会在我聚精会神阅读的时候突然闯进来，让我大吃一惊。他睁得圆鼓鼓的眼睛，眼神中充满了忧虑和恐惧，面带无限关怀的神色对我说："托波特，别读书了，千万别碰书！哦，上帝，千万不要读太多的书！书本太会伤身体了，它会毁了你的，托波特。读书会让你失去工作的能力，你最好还是马上上床去睡觉，睡觉是好事，睡觉比看书好千百倍。"

我在这里要珍惜我宝贵的文字，不可花费太多的篇幅去写那桶醉人的大麦烧酒，这种烈酒会让那波兰管家或者诸如此类的人获得一种摩拳擦掌般的喜悦，同时也会让我产生一种难以克制的眉开眼笑，这种喜悦和享受可以即刻用来明确地检验、测试和分析出上述这两种意义完全不同的人物。

我记得在一天晚上写下了以下的诡秘故事：

贵族之研究

我不愿意在大都市里毫无道理地、糊里糊涂或者灰心丧气地游戏人生,在那里,我是个不时引起别人的愤怒和叱责、最为多余的人,我整日无所事事,逛来逛去,游手好闲。在大都市里,我还得或多或少地表现出举止优雅、幸福的样子,实际上时常惹得那些善良或者有耐心的好人们感到头疼,换句话说,我在他们眼里是一个什么事都不干、不肯上进的懒人,是个不务正业的无用人。因此我宁愿生活在 D 城堡里,当 K 伯爵的仆人。现在我工作努力、勤奋,充满活力,通过每天劳累但诚实的工作换取口粮,同时也顺便以最迅捷的方式习得贵族以及贵族的优雅。对于大多数的人来说,现在想要了解贵族的生活几乎毫无可能,最起码说来,要做到这一点也绝非易事,其原因十分简单,贵族和伯爵们大多住在城堡宫殿里,他们深居简出,在那儿,他们就是上帝般的存在,最起码像半个上帝!他们像上帝那样发号施令,统治天下。哦,我的心灵!在贵族宫殿和城堡里,我的心灵得到了净化!伯爵大人的马厩里尽是些漂亮至极的烈马，伯爵大人的礼仪道德古老且高雅。说到他的那些图书馆，就我所知，并完全相信，那一座座图书馆里藏满了珍贵的精装书籍，就像他金碧辉煌的宫殿大厅和殿堂里藏满了无数珍宝和财富一样。难道不是那众多的仆人，也就是像在这里写这些字的这个人一样的人，在最殷勤、最彬彬有礼地服侍贵族？难道是我弄错了？我必须大声地责问，难道所有与贵族这两个字有关的，都必须得镶金镀银？观看一位伯爵用早餐会让人心情沉重、郁郁寡欢，因此必须千万当心，不能鲁莽行事，以免打搅正在用早餐的伯爵大人。贵族一般喜欢吃些什么？这个难以回答的问题同时也是个敏感的问题。在我看来，用以下方式来回答这个问题似乎最得体、也最简单：贵族最喜欢吃培根煎蛋。除此之外，伯爵大人喜欢享用或者说吃掉各式美味的果酱。假如我们现在提一个有些突兀的问题，因为这个问题也许的确提得有点太突然，如："贵族喜欢读些什么书籍？"那么我们希望能够做出愉快的回答，也就是说，我们要一针见血地指出，他除了阅读那些永远到不了他手上的信件外，几乎什么都不读。假如他能够亲自来倾听下一个问题并赏脸给个答复，那么我们还会问，什么样的音乐最符合伯爵大人的胃口、最能让他高兴?这样的话,答复会十分简单:嘿,瓦格纳歌剧。那么贵族在那可爱的一天里究竟做些什么,忙些什么事情呢?要回答这么一个明摆着是再愚蠢不过,又肯定是值得一提,但又不好回答、似乎有点伤人的问题,我们毫无办法,只能做出以下的答复:打猎。有关贵族家的夫人们,她们是如何招人显眼的?这个问题一经提出,敏捷的女佣便会身姿优美地闪将出来,说我没有权利对她们的女主子们胡说八道。不过,有一点我大概是可以发言的,公爵夫人们通常以丰满的身材引人注目,男爵夫人们大多漂亮,似温馨的月夜让人沉迷。公主们好像都瘦骨嶙峋、弱不禁风,没有一个是健硕有力的。伯爵夫人们在人们的眼里则总是在抽烟,是公认的专横。侯爵的夫人却相反,她们温柔谦和。

我怀着满腔热情飞快地把上面这段简短的描述投寄给一家著名日报社的编辑部,但我的努力很快就被证实了:多此一举。于是,这件精神产品就只能搁浅,它很有可能会与其他各种多余的精神创造物和精神食粮一样,最后集体地来到满满的废纸篓里安身立命。对此，本作家自然会感到深深的遗憾，但不会因此而怒发冲冠，因为他从来不认为自己是一个伟大的文学家。我想起了北美洲并在此重提旧事，有一天，我觉得百无聊赖、无所事事，于是随手翻起一本放在大厅桌子上的日记本，这是一本伯爵大人用来让贵宾留言的精美记事册，在里面我看到了范德比尔特[1]的名字，见到这个名字使我惊愕。

为了不至于疏忽，我在这里首先要说一句，我对我们的伯爵大人印象颇好，尽管他有冷酷和骄傲的小毛病，这点我们大家已经以极其自然的方式了解到。尽管他不断地让他周围的人时刻感觉到他的强硬和铁面无私，但我总是认为，他有着高贵的禀性和一颗善良的心。我尊重他，这一点是不言而喻的，要让我持相反的观点是完全不可能的。我们的伯爵大人属于强硬、恶毒和丑陋的那一类人，一半是天生的，另一半是后天习得的。所以，这类人在向外淌坏水的时候，往往比他们本质上的坏要来得更坏。与此同时，一般人却往往容易在这些人面前流露出低劣的奴性，他们会尽力装出很有人性、很可爱的

---

[1] 范德比尔特家族为十八世纪起源于荷兰的美国最富有的家族之一，因经营铁路和水上运输致富。

样子，道理无非是因为他们希望通过这表面上的和善与同情能得到点什么好处。而我们的伯爵大人却对这类伎俩不屑一顾，他根本不需要流露出一丝怜悯的表情，因为他本身就是大救星。像我们伯爵大人这种人鄙视任何装模作样，在这些贵族身上，你看不到任何不干净的东西，看不到丝毫沉闷，更没有什么气喘吁吁，也不会出尔反尔，更不会背信弃义、假仁假义和虚伪的那一套。他们非常真实，甚至有的时候毫不客气，从来没有任何甜言蜜语，但人们相信他们的外表和他们的一举一动。他们的外表就说明他们身上没有太多的美，也没有太多的善。正因为如此，他们显得特别直接，因此欺骗性也就相对比较小。只是有那么偶然几次，也许会从他们丑恶的嘴里吐出一两个如金子般美好的珍贵字眼，不过马上你就会明白，他们是谁，是些怎么样的人。

十一月份是开始打猎的季节，这时城堡里开始热闹起来。衣冠楚楚的贵客们进进出出，城堡里常常熙熙攘攘、人满为患。平时仆人们无所事事，要不就像现在那样，突然忙得不可开交。平时城堡里面寂静得像梦境，而这时，大厅和走廊里面人声鼎沸，贵妇们不知什么时候从天而降，她们个个高傲无比。

对我们仆人来说，这时需要的只是细心、乖巧和勤奋。城堡的波兰管家往往在这种时候就会显得无比激动和忙碌，伯爵的贴身仆人也开始充分展现他的热情、崇高和神圣的贴身职责。有一次，伯爵大人的私人秘书请我以他的名义将一杯柠檬汁送到男爵夫人 H 的房间里去，这一充满柔情和艰巨的任务使我无比心潮澎湃。毋庸多虑，我马上飞也似的极其庄重地把饮料送进那美艳妇人的房间。在我看来，男爵夫人 H 完全是用新鲜的牛奶做成的，那女人的容貌的确是倾国倾城，她身材高挑，曲线苗条，但又不失女性的风韵和柔软。尼采的话很有道理，他曾经说过，身材娇小的女人是无论如何也不会漂亮的。我走进男爵夫人的房间，把那杯柠檬汁递到 H 夫人的手上，同时对她说了以下一些看上去不是特别谨慎，就是特别失礼、热情奔放的话："我这样一个低劣并且卑贱的仆人，此刻感到无比荣幸。我受到伯爵秘书先生的差遣，现在他肯定跟我同样或者更加荣幸，前来给您——尊贵的男爵夫人，世界上最美丽的女人，敬上一杯柠檬汁，请您能够接受这个殷勤服侍。伯爵秘书先生吩咐我转告尊敬的男爵夫人，他请求您允许他能够以千万倍的躬卑在您面前自我引见。此刻我不太清楚，秘书先生身在何处，但我能告诉您，无论他此时此刻身处何方，无论他在做哪些重要的事情，他都在思念您男爵夫人，他现在也许心里正按照严格的贵族礼节亲吻着您纤细的手，因为他每时每刻都觉得自己是尊敬的夫人最忠诚、最坚定的骑士、保护者和奴仆。就如同伯爵秘书亲眼看到那样，那双世上最美丽、最善良的眼睛正带着几分惊奇、几分诧异停留在渺小的听差和令人不屑一顾的仆人身上，即眼下正在说话的这个人身上，这些话是在幸福的陶醉中自然流露出来的，因为这些话让人受宠若惊，让人感受到仁慈、爱戴和荣幸。男爵夫人，事实上您让每一个能见到您尊容的人都感到无比的幸福，正是出于这样的情形，这个斗胆说这番话的人，和他不小心带入的这种说话口气，也许能够在一定程度上得到您的原谅。"

至于我以上这番放肆的恭维话是否真的说了，还是没有说出口，或者这些仅仅是我脑子里的胡思乱想，还是当真信口开了河，这些都不重要。总之，我清清楚楚地记得，这个美艳的女人用她那确实极其妩媚的眼睛给我送来一汪友好舒适的秋波，外加还对我说了一句短短的话，她说她非常诚恳地感谢我，这对我而言无疑是一个收获，我心满意足地占有了这份宝贵的财富，向她深深地鞠了一躬，退出房间。与上述情形截然相反的是，我面前还有一个愁眉苦脸，忐忑不安的人，他极不耐烦地在房间里来回踱着步，盯着我看。这个人看上去让人很不舒服，好像完全是个多余的人，我从这个人身上猜出他一定是那位漂亮夫人的丈夫，即男爵本人。他的样子似乎要我把刚才在他夫人那里得到的幸福和愉快以最快的速度打消掉。后来伯爵秘书问我，我端柠檬汁进去时，男爵夫人态度如何，我回答道："迷人极了! 真是一个充满魅力的女人，她的微笑就像一个吻，她的眼睛漂亮得无法形容。您可以从最好处去想象她的可爱。"他听了这些话非常满意。对于伯爵秘书还有一点要提一笔，他的钢琴弹得极佳，仅仅出于这个原因，我就对他有深深的好感。我们有什么理由不喜欢那些有本事、有天赋、有学问，能让我们感到享受的人呢?

天上已经开始下雪了。大片大片的雪花柔柔地落到城堡的内院里，对此我有一种特别的、窃窃的喜悦。这时，我们非常尊敬，或者对我来说，我们极其高贵的客人们郊游回来了，他们浑身上下都湿透了。这雨雪真的像毫不客气、没有教养、让人讨厌、没有规矩的毛头小伙子。看起来是要不惜任何代价、要花费巨大的努力设法让他记住，要特别注意这些人的出身、他们的高不可攀的社会地位、他们的官位，当然还千万不能忽视了他们的财富，要记住，一旦忘记了那份仔细的观察，那么就会在大人物和上流社会面前把一切都毁了，那才叫真正的愚笨。不过大风和天气是由着性子来的，才不管你乐不乐意，大风和天气就是国王，它们想怎么样就怎么样。谁也不会因为漫天漫地刮大风而杞人忧天，道理很简单，因为大家都知道，怨天怨地毫无用处。等到尊贵的客人们回来之后，绅士和女士们马上就进入大厅，热茶恭候着他们，这热腾腾的红茶正是我们这些敏捷灵活的仆人们以最优雅、最神速、并且最美好的方式呈献到他们面前的。这样，一切又迅速地恢复到温暖和欢乐，不至于让某个或者某半个大人物的后代或者继承人受冻着凉。这时成群的贵族们悉数登场，一个剧院老板或者宫廷剧院的经理、领班之类的也在其中。商人和实业家来的不多，但是他们提出了大量要求来引人注目，这对我们仆人来说完全无关紧要，因为我们绝对不会有一丝一毫的社会政治兴趣。只要谁给我们几个沉甸甸的银币当小费，他就是我们的皇帝。让我陶醉的和深深吸引我的不仅仅是这些，而是城堡里的一切，我开始爱上了这座城堡，就像它是我自己的似的。我内心的一种莫名的喜悦，几乎使我欢呼雀跃，让我发自内心地去热爱城堡里所有的人和所有的事物，用真心去张开双臂拥抱他们。我所见到的一切都是那么的美好，至于那些每天要遇到的烦恼，我只要叹一口气，它们就会顿时化为乌有，我试着将所有的不愉快和烦恼都当成亲密朋友，最起码我试着去理解它们，这明摆着对我是有好处的。

在正餐或者晚宴即将开始之前，走廊、楼梯、大厅，当然最主要的是餐厅以及各个有关的房间都得用香熏一遍，这是一项神圣的职责，而要担当起这个职责，本文撰写者的肩膀似乎还太单薄了一些。就像《一千零一夜》里的神话那样，城堡里面到处弥漫着芬芳，这香味犹如美丽迷人的蛇精，游弋于每个房间之间，这芬芳涤荡、祛除了各种浊味和过分的庖厨酒菜之香。举行晚宴的时候，城堡就像神奇可爱的梦幻，一切都显得朦朦胧胧。贵妇人们曳地的华丽长裙在大厅和长廊里拖地而过，微微地发出嘶嘶的声音，我自认为那个我熟识的人现在站立在那儿，在晚餐即将开始之前，他用瑞士铜铃或者是那种常挂在牛脖子上的铜铃唤起了客人们的食欲，这清脆响亮且多情的铃声提醒尊贵的客人，丰盛的菜肴或者高贵的晚宴即将开始。哦，上帝，我沉浸在这动人的铃声之中，这低沉美妙的回声，震开了每一扇房门，这铃声令所有在场的人，也就是所有衣着华丽庄重的人，为了共同的美食和聊天欲望而聚集到一起来了。在我眼里，餐厅和晚餐常常是如此迷人的景色，到处是鲜花，酒杯碟盘之间泛出微红的人面桃花，烛光摇曳，显得格外神奇。此外，这一切还伴随着莫扎特的音乐和客人们爽朗的笑声。但是出于纸张和篇幅的原因，我不能允许自己在这里浪费笔墨，文章的篇幅与盖房子的地皮一样紧俏和昂贵，因此我得适可而止，要控制住自己，不过我也希望本人能够毫不费力地做到这一点。

女人们胸前涌出的那一对对酥乳，像是故意露出来给人观赏似的细腻白净。对我来说，那是我的眼睛无时无刻都愿意享受的美景，这种人生来就有的景色给我带来清新，让我倍感振奋，不仅如此，蜡烛还将摇曳温馨的烛光洒向那隆隆堆起的乳峰，让其在某种意义上达到尽善尽美的境地。有一次，我在盛大的午餐或者在晚宴时犯了一个引人注目、不可饶恕的愚笨错误，让我沮丧至极。我竟然将芥子酱滴落在伯爵夫人的晚礼服上，我这个倒霉蛋罪有应得的惩罚便是一个毁灭性的眼光，当然，倒霉蛋还远远不至于感到自己就此毁灭了。还有一次，我的失误由一次伟大的胜利获得了最好的弥补，辉煌的胜利归功于一条小小的木蛀虫，我在上菜的时候发现雪白的台布上有一条木蛀虫，正缓缓向淑女的纤手挺进，我用空着的那只手敏捷并且极其优雅地将这小爬虫捉拿归案，这条无辜的小虫，或者也许可以说是条极其可恶的虫螯，旋即便葬身在壁炉的熊熊烈火之中。伯爵夫人是那次壮举的目击者，她点了点头，表示对这一行动的肯定和赞赏。同时，我必须得承认，我对处置木蛀虫的壮举兴奋了整整一个晚上。城堡管家对我的自豪嫉妒至极，可我完全有理由表达我的自豪，尽管它只是一次幸运的偶然机会而已。难道人生中不正是一些细小的事情在起决定作用吗？我要说的正是这一点！

我是一个卑贱低下的仆人，假如我能够细心地观察贵族们进餐时的精彩一幕，那么我总会喃喃轻声地对自己说，这种观察是我勤奋工作时一种小小的精神休息，再说，这种机会我非常之多。我与坐在席上扮演各种角色的各类人物之所以无法替换，其原因是我觉得我能身临其境地观看饕餮之徒是一件无比美好的事情。另外还因为，一旦我自己加入了这种享受者的行列，或者得到了那份幸福，那么，这种我认为至关重要的壮观场面也就无法高屋建瓴式地尽收眼底了，最起码也要损失一半。我就是常常以这种方式自觉地意识到我的价值、我的地位和我所享受的生活，我对自己所体现的低贱、微不足道的生存方式无不感到由衷的高兴。在这个世界上，总还是有人不喜欢那些投射在他们身上的彩色聚光灯，与此相比，他们更喜爱深沉的树荫，在树荫下面，他们感到自由自在，他们在暗处会获得一种安全感，从根本上说，这是一种深层的心理倾向，它通往我们出生之前就存在着的那个地方，那是一个最可靠、最让人信赖的地方。我常常带着极大的兴趣去观察舞台上的灿烂辉煌和光彩夺目，而我自己却情愿退到安静和不起眼的后台角落上去，这样我就可以在那里用快乐的眼神去观望五彩缤纷的绚丽繁华。

有一次，我不小心摔碎了一只珍贵的古董茶杯，对这种愚蠢的莽撞行为或者屡教不改的倒霉事儿我自然毫不犹豫地报告了那狰狞的城堡管家。那波兰人做出一副极严肃的神情，对我说："这下可糟了，这事儿非常不妙，托波特，你干了一件极其糟糕的事儿。不过无论怎么说你还是很不错的，也还算聪明，立即就把你干的坏事向我报告了，没有想方设法去隐瞒或者企图蒙混过关。你这样的坦白行为肯定对从宽处理你的错误行为极其重要。伯爵大人自然得立即知道这件事，对此你必须做好心理准备，不过看得出来，你已经做好了准备，不过你还是要镇静，没有什么大不了的事，不会让你掉脑袋的，伯爵大人是不吃人肉的，不会把你生吞活咽的。他肯定会找到一个原谅你的理由，伯爵大人肯定会明白一个道理，在他的城堡里不会有任何人包藏祸心、处心积虑地要将他的茶杯和碟子砸个粉碎。很明显，这不是你的失职，只是你马失前蹄而已，伯爵大人一定会原谅你的，去干活吧！"

城堡守夜人是个老头。愤世嫉俗的乡村理发匠曾经偷糖被逮住过，并因此下过大狱，或者说作为囚犯被带走、被关押起来过。阿特曼先生会说五到六个词的法语，绝对不会超过这个数字（据他自己说，他对少而精的东西特别看重，并引以为豪）。两个村姑算是本地的大美女，因此自负得很，对她们俩没有什么可提的。一个歌舞酒吧和快活独特的革命者舞厅，或者说是一次舞会，奏的音乐尽是些效忠皇帝的欢快铜管吹奏乐，当然不能忘了还有几支笛子和几把小提琴。一个乡村酒吧，里面到处弥漫着烟草味，烟雾腾腾，酒吧分为两片，一边是让有钱人坐的，另一边是低等百姓们的去处。酒吧老板的女儿长得虽然有些姿色，却也有十二万分之遗憾，她是个瘸子，这一极大的不幸被她楚楚动人的脸蛋和眼神充分弥补。一个铁匠、一个木匠、另外还有一个教书先生，他用坚定的、不过也许有点过分的鄙视目光瞥着我们这些仆人、叫花子、流浪汉、痞子、恶棍、小无赖，只是很可惜，关于这点他只有在极其有限的程度上才获得了成功。一个打短工的可怜女人，贫困潦倒、病魔缠身、躺在床上。金黄色的秋叶飘飘扬扬，接着便是雪花纷飞，还有那些在村子大路上一摇一摆的白鹅。教堂、礼拜堂以及牧师本人。一个男人可能是酒吧老板，或者说是半个罪犯，或者囚徒，脸上傻乎乎地只有一只眼睛在鼻子上方，那地方按理应当长一双眼睛，可现在，就如同已经说过的那样，看上去不尴不尬，傻乎乎的。一堆毛头小伙子，好像是泥水匠、诸如贴墙纸的室内装修工、管养牛马的。红色的窗帘布，以及其他的装饰和许多雪。八月的波兰，一个充满了青春活力的舞蹈家、厨子以及厨娘、马车夫，一个脸色苍白、凶狠且阴险狡猾的宫廷女仆，城堡里的花匠，现在为了最终能把圈子兜回来，我们又重新回到上层生活的领地，回到上流社会来了，我得重新说说伯爵夫人J或者就像我突然想起的那样，叫她"死人头伯爵夫人"，因为她非常吓人，让我毛骨悚然，她可能也让别的许多人同样感到害怕(有一次，我有一封重要的书信要交给"死人头伯爵夫人"，在进行这一伟大壮举的那一刻，我被这女人极其奇怪并且可怕的眼光几乎吓晕过去，几乎惊倒在地上，对此我永生难忘，或者最起码在今后的相当长的一个阶段内难以忘却)。其他的鬼神，如母狮子和公狮子们、大黑熊、狼、狐狸、瞎眼怪兽、奥匈帝国的武夫、丑恶的女佣和其他许许多多模模糊糊的形象不得不提一笔，我愿不厌其烦、不吝笔墨、仔细地描述、赞美和塑造它们的形象，可是遗憾的是我无法做到这一点。因为我不能漫无边际，仅仅就因要讲述这些，就可能会让十一分精彩的故事停留在某一个地方，这样会耽误了文章的进程，我必须把最大的精力投入到描写其他有趣的事情上去，如垃圾、宴会狂欢、乱石瓦砾堆等，这样我的文章才能往前推进。

我发现自己的仆人工作日渐轻松，原因是我日渐一日地掌握了各种服侍技巧，同时脑子也越来越开窍了，身手也日趋敏捷。在这里与任何其他地方一样，原则只有一个：熟能生巧。所有需要我尽力而为的工作，我都像做梦或玩游戏一样轻松搞定。至于楼梯间里的闲话和后门口的那些是非，我的原则是一般从不参与或者很少参与，其实城堡、宫殿里与所有其他地方没有区别，尔虞我诈和挑拨离间在所难免。一会儿大厨要跟我说城堡管家的坏话，一会儿城堡管家要挑大厨的是非，不过，我对派系斗争和阶级斗争一向冷漠，因为我对此没有一丝一毫的兴趣，也得不到一丝一毫的好处。假如一旦出现有价值的、高尚一点的或者理智的争端，我倒是极有兴趣酌情介入的，为什么不呢？比如说，善对恶的、好人对坏人的、友好灵活的对蛮不讲理的、理性的对愚昧的、勤奋工作的对那些不劳而获、高高在上的。我也愿意介入与那些忠厚老实人对阴险狡猾家伙的斗争。这种斗争可能会是一场伟大的战役，我会参加的，就像天上下起了暴雨，越猛烈越好。但是要让我对谁有一丁点仇恨，那可是侮辱我的人格尊严，我绝对不会，那可是我至亲至爱的父母托上帝的福给我种下的秉性。我无限热爱我所从事的工作，我几乎完全是在忘我的状况下完成工作的，我几乎可以说是一部机器。工作中，每当周围环境让我感觉到我似乎进入了梦境的时候，我常常会突然地问自己："我现在究竟在哪儿？"我还常常由于不知什么原因几乎觉得自己是城堡的主人，真正的主人，为什么会这样，我在这里自己也解释不清楚。"我在这之前在什么地方待过？我现在究竟在什么地方？我还会去什么地方？"有时，这些问题或者诸如此类的问题会在黑暗中模模糊糊地出现，渐渐变得越来越清晰。此外，就像我已经说过的那样，我从来没有考虑过，从来不问自己是否失望或者沮丧。在这方面，我习惯于对自己保持一种特别冷静的态度。我做事的时候脑子是开放的、镇定的、毫无偏见的，因此我也没有烦恼，总是无忧无虑地按照我的感觉去干活，摸索着去干，就这样去尽我的义务，我觉得我有点腾云驾雾了，对了，我觉得我，对不起，请允许我这么说，我觉得我从我原来的人格中升华出来，我对原来的那个"我"连想都不值得去想一想，顾都不屑去顾一顾。因为我在尽职！所以我的处境一定不会坏到哪里去，我的人品也肯定不会错。难道我们不是觉得当我们学会了如何忘记或者撇开我们个人的欲望、贪心，在无所欲求的时候，生活突然就变得无限美好起来了？难道不是当我们敞开宽阔的胸襟，从良好的愿望出发，全心全意地投入到我们的工作中去，也即是脚踏实地的投入到仆人事业中去，用我们的辛勤劳动去满足人们，非常从容并且勇敢地放弃美的时候，生活就变得更美好了？因为在我放弃"美"的时候，难道不正是有许许多多新的、我原先没有料到的、无与伦比的"美"正朝着我飞来，作为对我那有目共睹的善良和友好的谦虚，对"美"的放弃而给予的褒奖？我在崇高的理念中勇气高涨，难道在心甘情愿地放弃天堂的同时，不是正好有这样的情形出现，我或迟或早会因做事公正而升入更美好的天堂？无论如何，这里得简单地提一句，我那张行军床常常阴险地把我从最深沉的睡梦中弄醒，要不就是把我从沉睡中催醒。我做的梦大多是极其狂野杂乱却又不失美好的故事，梦见老虎、鬼怪、朝着楼梯往上猛冲的骑士，梦到豹子、枪林弹雨、玫瑰花和淹死的尸体，我梦见正低声耳语悄悄将自己的朋友出卖给敌人的流氓，后来我当然又重新梦到了可爱天使的脸庞和身影，梦到美丽无比的绿色丛林，梦到各种色彩、声音和甜蜜的吻，梦见废墟和不怕死的骑士，梦见了女人的眼睛、女人的纤手，梦见了万般柔情和甜蜜的依偎抚摩，梦见了神秘的、无止境的享受、幸福和心旷神怡的画面。伯爵老爷们喝的浓咖啡似乎特别喜欢引诱我，所以我习惯在即将上床之前毫无顾忌地喝上一杯，它给予我一种特别的能力，让我在梦中能看清各种人物的脸庞，听清各种各样美妙、善良和恶毒的声音，让我在睡梦中能忽而经历可怕至极的东西，忽而又沉浸在最可爱的故事中。

一天傍晚，在徐徐落下的夜幕里，我走过诸位现在大概已经熟悉了的走廊，透过窗户望出去，看到苍白、充满灵性的天穹上有无数点点烁烁的星光在朝我眨眼，我脑子里胡乱地想着些什么，完全沉浸在遐想思维之中，而实际上脑子又是十分清醒，我脚步轻轻地向图书室走去，看到伯爵夫人 M 独自静静地伫立在书桌旁，她手中拿着一封信，显然是刚刚读完。伯爵夫人一身黑衣黑裙，仅这一身黑色就似乎说明她刚刚失去了什么人，她沉浸在极度的悲伤之中，脸色苍白，高贵美丽的头颅上，一枚精制的钻石饰嵌在一头乌发里，在黄昏夜色中，犹如我刚刚看到窗外跟我眨眼的星星那样，闪闪发光。伯爵夫人有一双会说话的眼睛，此刻眼睛里充满了茫然，毫无目标地散视着远方，眼眶里含着热泪。我被她的美丽所征服，情不自禁地在她面前驻足。伯爵夫人好像看到了我，不过她连对我稍稍地正视一眼都没有，这倒也极在情理之中。若有人暗送一个秋波便足以使我勇气倍增，一种特别的自豪感会油然而生，在这种情形下，我会觉得理所当然地对倾国倾城的伯爵夫人诉说以下的一堆话："伯爵夫人也会掉眼泪？对此我迄今为止还认为是绝不可能的。我原来总是想，上流社会的女人只会动辄训斥，从来不会让斑斑点点、不干不净的泪水来玷污她们纯净清澈的眼睛、玷污她们眼睛里的那片灿烂的万里晴空，眼泪会让她们固定的幸福表情发生变化。您为什么要哭泣？假如连伯爵夫人也会哭，假如富豪权贵也会失去他们的体统和傲慢，也会耷拉下他们高贵的头颅，显出精疲力竭，那么，如果我们看到叫花子贫困潦倒、痛苦无比，看到穷人和被侮辱的人在绝望中痛苦地挣扎，我们除了不断地唉声叹气和泪流满面外毫无办法让他们逃脱苦海，那我们又会怎么说，又会如何惊诧？所以我们说，在这沧海横流的世界上是没有什么东西一成不变的，所有的东西都是脆弱的。好了，这样有朝一日我会很乐意死去，我会非常快乐地与这个绝望的、满目疮痍和充满恐惧的世界告别，这样我可以在舒畅可爱的坟墓里面享受清静，那儿我既不必担惊受怕，又不需辛苦劳累。"

因为我大声地说了上面番话,所以伯爵夫人听得清清楚楚,她睁大了眼睛久久地看着我,她觉得有点意外,眼神严肃,不过绝对不是冷峻或者带有一丝不友好的那种,与此相反,她的眼神几乎是爱怜的,充满了善意,可以说几乎是友好的。她片刻无语,随后问我:"您叫什么名字?"我答道:"托波特。"接着,她把目光停留在我的身上,对我说:"您说了很好、也很真实的话。"她说这句话的瞬间好像一切都超乎寻常地神圣和庄重。由于这时有匆匆的脚步声传来,我离开了图书室,因为我想,在伯爵夫人面前默默地站着,闲着不去干活儿,这绝对不是件好事,给别的什么人看见会让人莫名惊诧的。另外,我马上得去点灯了,是掌灯的时候了,就像我上面写到过的那样,现在已是暮色茫茫了。不远处,我听到城堡总管在那儿骂骂咧咧和乒乒乓乓地摔东西,至少给我的感觉是那样。总而言之,我知道如果有人忽视有关掌灯的一切事务,伯爵大人会勃然大怒的,这是要万万避免的。

接着没隔多久,伯爵大人就出远门旅行了。由于城堡不再需要我这个仆人了,并且他们也用极其友好的方式让我知道了这个现实,所以我打算离开这座城堡。城堡里的人好心地给我写了一份工作鉴定,里面主要是说我非常可靠,此外还说我工作勤奋、听话等等。对于这样高度的评价,我自然是喜出望外。城堡总管对我说:"听着,托波特,"他脸上堆满了善意的笑,"您现在要离开我们了,要走向远方的世界,您在这里学到了一些东西,我相信,这些东西您在任何地方都会有用的。"伯爵大人的私人秘书送给我一枚别针,权当告别礼物,他还对我说:"我随后一定会给您寄去十来件上好的衬衣的。"他们还给了我一百马克的奖金,对于是否要接受这一笔钱,我绝对没有眨过一下眼睛。城堡里所有的一切都对我流露出友好的神态,大家都表现出一种平静、祥和的样子。第二天清晨,我坐上奥古斯特驾驭的三驾马车,从城堡山上飞驰而下,我永远也不会忘记这趟愉快的飞车经历,冬天厚重的云层里射出一道灿烂的阳光,给我们的旅行抹上了一层朝晖。我坐在马车上,手指上夹着一支法国雪茄,活像一个腰缠万贯的阔佬儿,一会儿,我把雪茄斜叼在嘴角上,显出一些狂妄。我对生活充满了憧憬,兴高采烈地大声诉说道:"我现在是个人物了!你们来吧,愿意来什么就来什么,我大胆地直面人生,我要和你们比个高低,我充满自信地走向生活。我觉得我现在几乎要去拥抱整个世界，没有整个，那最起码也是半个世界。想象、幻觉，多么美好的宇宙！我心旷神怡。此刻，我内心充满了对生活的渴望和热情，我兴奋得忍不住要大声地笑出声来。我陶醉了！我现在最好就像是一匹野马，奔向快乐的世界。这世界就像伊甸园那么美丽，它就是人间天堂。此刻，我心潮澎湃，脑子里再也不会有恐惧和害怕两个词语，生活就像一朵玫瑰花，我要赞美自己，对自己说，我会成功地摘下一朵玫瑰花。我的脚下，大地在雷鸣般地颤动，天边露出三两缕细细的晴光，我认定这是个好的征兆。世界：我要与你争斗。我刚刚经历过生活，现在我在旅途上，在三驾马车上奔驰，我向远方漫游，向遥远的生活迎面走去。充满活力的生活，充满活力的经历，它们在朝我而来吗？这可是我最衷心的希冀。我必须要有忍耐力，扛着点，这才是最来劲的。只有在快乐中、坚忍不拔的忍耐中，生活才会显得如游戏般的轻松。好吧，纵身跃进大风大浪之中，当一个决不气馁的击水者。我觉得自己刚刚战胜了一些艰难险阻，现在，我迈着坚定的步伐，眼神里充满必胜的信念，勇往直前。"

湖

这篇散文其实很简单,写的是一个美丽的仲夏夜,以及在湖边散步的人们。这人群非同一般,我也在其中。整座城市好像都在散步。假如允许我想象,这沉浸在茫茫夜色中的宽阔湖面,就好比一个昏昏欲睡的英雄好汉,他即便在沉睡当中,那宽广的胸脯也充满了无限的豪情和高尚的德行,不过,这样的想象也许的确有点过于张狂了。湖上有许许多多小船,灯光摇曳,点缀着黑黝黝的湖面。通往湖边大大小小的街道,却好似一条条运河,这使我轻易地联想到威尼斯的仲夏夜。这边有一堆堆的篝火,火光映红了夜空的一角,在那红黑相间中，散步的人影隐隐约约，忽明忽暗，其中不乏一对对的情侣，他们在那丛丛灌木后面温柔地拥抱、亲吻。同样，趁那几处幽暗，绵绵轻语、抚摩亲昵的也大有人在。这一切就如同那湖水轻轻地拍打着堤岸，组成一曲轻柔的小夜曲。一弯新月高高地挂在树梢上，我怎么来形容呢？它就像一处创伤，至少我是这么看的，就像是黑夜女神婀娜多姿的身躯被人毁损，或者她高贵的心灵蒙受了伤害那样，黑夜女神的高雅不凡和雍容华丽才会显得愈发地明显和动人。而在粗俗的现实生活中，那些自作多情、以为自己的心灵受了创伤的人，却会显得十分可笑。但是在文学艺术中就不尽如此了，诗人从来就不会取笑敏感的灵魂和心灵的脆弱。我走过一座圆拱桥，听到桥下水面上传来阵阵奇妙的歌声，一个身穿白色连衣裙的少女划着小船正穿过桥洞。我，大概还有其他什么人，被那轻柔飘逸的歌声吸引，大家都从桥栏杆上探出身去，好奇地去寻觅那歌声的源头。如此明亮、温柔的歌声平时里只有在娱乐歌厅和音乐酒吧才能领略到，那曲调专门是用来营造那些所谓高贵气氛的。我们桥上的几个人都为这歌声而倾倒，大家都不得不承认，从来没有听到过如此美妙的歌声。我们议论着，那可爱的歌女和小船，以及从那边传来几乎已经消失的歌声之所以那么美妙，肯定是因为它是一曲发自高尚的内心，发自纯净的心灵的爱之歌，其次才是她的歌唱艺术和伟大的声乐天赋。此外，我们还说了，也就是说，我们还想到了，那个在桥下冥冥暗处引吭高歌的少女，甚至很有可能在欣赏她自己的歌喉，或者，她在欣赏着自己歌声中所蕴藏着的那颗高贵和正直的心灵，她也许被自己的歌声陶醉了，说不准她的脸庞正微微泛红。她那迷人的青春活力，她那甜蜜的脸颊也许由于这湖水的无边无垠和对歌唱的如此投入被羞得滚烫。这歌声宛如从皇宫王府的富丽堂皇忽而变为一种神奇高尚的东西，这时，我们好像看到王子和公主骑着装饰得金银闪烁的白马，蹄声嗒嗒，翩翩而来，所有的一切都似乎变成了有声音的生命，变成了美妙的歌声，整个世界就好像变成了爱的本身，好像生活、世界和人生不会再有什么不幸。特别让人感动和给人美感的还有，你看那女孩是如何专心致志地把她心里的千种温情、万种柔肠用那歌声唱了出来，她把心中所有的秘密都诉说了出来，完全忘记了自我，忘记了她平时的矜持，抛开了所有世俗要求的规矩和俗套，她唱出了脑子里所想的一切，唱出了她自己的渴望，她如同女英雄那样，只身挺然而起，以一个弱小女子的腼腆，与现实生活中的陋习和俗套进行着一场搏斗，这恰恰赋予她的歌喉以最具魅力的音色，它蕴涵一种略带羞涩却无比自豪的韵味，就像所说的那样，很多人都非常遗憾，这歌声离我们越来越远、越来越远。

意大利小说

我有足够的理由来责问自己，写一篇只有两个人物的小说，或者说描述两个人，也就是说，描述一个迷人善良的姑娘和一个最起码与那姑娘同样善良、乖巧的小帅哥之间最美好的爱情，到底是否能够打动读者的心灵。他们俩心中最温柔、最热烈的爱情如同夏日的太阳那么炙热，同时，却又像冬天的莹莹白雪那么纯洁无瑕。他们相互之间的爱情和信赖似乎坚如磐石，他们海誓山盟、忠贞不渝。炽热纯真的爱心与日俱增，心心相印，就像朵朵迷人的鲜花，五彩缤纷，散发着浓郁的芬芳。

假如那个善良可爱的小伙子不那么熟悉意大利小说，天下似乎没有任何东西可以打搅和破坏这最美丽的爱情和最真诚的互信，那么一切还都会继续美好和甜蜜下去。可是事与愿违，如同细心的读者下面就要读到的那样，那些意大利小说中对美、对辉煌和壮丽的描述，如何使得他变傻、如何使得他曾一度几乎失尽理智，这些小说中的描述如何会迫使他在某一天早上、某一天中午或者某一天晚上，八点、两点或者七点钟，用极其深沉的语调对他的情人说："你听着，我要跟你说点重要的事情，我要跟你说我多日以来一直想跟你说的话，这些话一直苦苦地折磨着我，使我烦恼。这些话我不能不对你说出来，我必须告诉你，你要坚强一些，拿出你所有的勇气来接受这一切，尽管有可能那可怕的消息会夺去你的生命。哦！我真的想揪着自己的头发，狠狠打自己一千个耳光。"那女孩惊慌失措地喊道："你怎么了，是什么东西那么折磨你，让你如此烦恼？是什么可怕的东西让你一直隐瞒到今天，不对我说？你马上就说出来，这样我可以知道这事情到底有多么可怕，还有多少希望，我有足够的勇气容忍和承受最坏、最意外的事情。"姑娘的话虽然是这样说，但显而易见，她的全身都因惊恐而瑟瑟发抖，忐忑不安的心情使得她原来那张美丽清纯的脸庞蒙上了一层僵尸般的惨白。"你听着,"年轻人开始诉说,"很遗憾,我对意大利文学实在太了解,太熟悉了,我的学问恰恰是我们俩的不幸。""为什么这么说呢?我的天哪!"女孩多少有点出乎意料,"学问和教养怎么会让我们不幸,怎么可能会破坏我们的幸福呢?"这正好让年轻小伙子接着往下说:"因为意大利小说中美和爱的风格已经算是尽善尽美,而我们的爱却还没有达到这种尽善尽美,这种想法让我极度不安,我不再相信什么幸福了。"这对年轻的恋人大约低着头,悲哀了十几分钟,他们完完全全地束手无策了。不过,没过一会儿,他俩慢慢回过神来,又渐渐恢复了失去的自信。他俩又重新从悲伤和沮丧中振作起来,相互深情地看着对方的眼睛,微微露出笑脸,伸出手去,紧紧握在一起。他俩比以往任何时候都更加相爱、更加信赖、更加幸福,他们说:"不管意大利小说怎样充满爱情和高雅的风格,我们还是要一如既往地相互温柔爱慕,享受我们的爱和欢乐,我们要知足,不要去模仿什么真正爱情的模样,那样只会让我们失去我们自己的个性和对爱情的享受。把单纯和真诚联系在一起,给对方以热情和善良,这比什么美和高贵的格调都要好得多,那高贵的格调会使我们失去爱情,不是吗?"说完,他们就紧紧搂在一起,相互以最热烈的方式亲吻,接着,对他们刚才的幼稚开怀大笑,他们又重新得到了满足。

在办公室

月亮探身进来朝我们眨眼,
它看着我这个可怜的小职员
在老板严厉的眼光下
蝼蚁贪生。
我尴尬地挠挠脖子。
白天充满生机的阳光
与我从未谋面。
过错是我的命;
在老板的眼光下
还得挠挠脖子。
月亮是黑夜的伤口,

滴滴血竟是满天星。
是否我也无缘那朵幸福之花,
为此我变得谦卑。
月亮是黑夜的伤口。

西蒙

爱情故事一则

西蒙二十岁。一天傍晚,他躺在路边沁香柔软的绿草丛中,尽情地遐想,他真想就这样沿着这条小路一直朝前方漫游,直到一个不知什么地方的去处,去给人当仆人。他仰面大声地朝着枞树梢喊着这个想法,那枞树梢——我不知道是真的,还是我瞎编的——摇摆着山羊胡子,看上去似乎非常神圣。枞树老人从梢头发出一声声深沉的微笑,这笑声激励着我们的主人公立即站起身来，继续勇往直前，他心里想的又给了他无限的兴奋和激动，让他恨不得马上就要心想事成。现在他又动身了，完全不顾东南西北，径直走进那蓝色或者绿色之中。我们可得提一提他的长相了：他的两条腿很长，对于一个浪迹天涯的仆人来说，这两条腿似乎显得太长，走起路来的样子有点傻乎乎的。鞋子很蹩脚，衣衫上面污垢斑斑，裤子褴褛得趋向完美，他的脸部虽说不上线条柔和，那顶帽子又好像只是为了去占据他头顶上的位置，因此已经渐渐地进入了一种不再需要花费精力去维护、并且越缩越小的那种状况。这顶帽子，突兀地停顿在那颗脑袋上，犹如一块盖歪了的棺材盖，或者像陈旧得生了锈的炒菜锅上面的铁皮锅盖。真的，那颗脑袋几乎成了古铜色，把它比喻成那炒菜锅里翻炒过无数遍的东西是绝对不会遭到任何指责的，西蒙背着一把破旧的曼陀林（我们以及这里要讲的故事从现在起，就要一直跟在他身后），我们看着他此刻怎么把它拿到手上开始弹奏。哦，这把破旧的曼陀林竟然能发出银铃般悦耳的声音！这难道不就是可爱的白色天使在拨动金色的琴弦吗？森林就像一座大教堂，音乐在这里面回旋，犹如意大利大师的杰作，不得不让人肃然起敬。这愣头小伙子把个曼陀林弹奏得倒也行云流水，他的歌喉婉转如泣。真的，他若不赶紧停下他的歌声和琴声，我们就会喜欢上他了。果真，他停了下来，这样也好，我们能有点时间喘口气，思考思考。

西蒙觉得挺奇怪的，他走出一大片森林，马上又进了另一片森林。他百思不得其解，这偌大的世界上难道会真的没有贵族了，这世上难道也再没有漂亮、高大、身材丰腴的女人了？大概是没有了，我在深思，我们城里住着的那个女诗人，也就是我要寄诗给她的那个，她就很丰满、很富态，因此显得很有威严，足以使唤丫头和仆人，将他们支往东、支往西。那胖女人现在正在忙什么呢？哦，她也许正在思念我，想象我会如何拜倒在她的石榴裙下。就这么思着想着，西蒙又往前走了一段，当再次走出一片森林的时候，他眼前的草地开始熠熠发光，就像是落在地上的一大块金子似的，草地上的树林泛出青白色，很湿润，西蒙按捺不住内心涌上来的阵阵狂喜。天边，朵朵白云懒洋洋地横卧着，好像一只只躺在草地上的白猫，西蒙在心里抚摩这白猫身上柔软的绒毛。白云之间是美妙的蓝色，给人一种清新又湿润的感觉。鸟声啾啾，空气颤动，天空中充满着沁润的气息。远方，山峦岩石横亘，我们的主人公正是径直朝这个方向去漫游。这时，路势渐渐开始上斜，四周也变得晦暗起来。西蒙又拿起他的曼陀林，弹奏起美妙的曲子。故事跟在他的身后，也在一块石头上坐了下来，茫然地倾听着。这样也好，作者也总算可以争取到一点时间来休息一下。

讲故事可是个艰辛的工作，老是得跟在这个长腿男孩儿的身后，他还不停地弹着曼陀林，弹着那些浪漫的曲调，就这样跟在他身后偷偷地听他说些什么、唱些什么，观察揣摩他想些什么，心情如何，这不累吗？这仆人中的野孩子一直往前走，我们就得紧紧跟着，这样我们真的成了仆人的仆人了。亲爱的读者，假如你们还长着耳朵，那就耐心地听下去吧，接下去马上就有别的人物出来对你们表示无限的恭敬了，故事会有趣起来的。眼前出现了一座城堡，这对寻找古堡废墟的青年仆人来说是个多么伟大的发现。现在你得拿出点本事来了，小伙子，要不你就输了。好，他真的拿出了他的本事，对站在二楼阳台上的那个高贵的女主人放声高歌，歌声是如此甜蜜、如此具有魅力，必定会打动阳台上的贵妇人。我们眼前的古堡童话般地幽静，我们看到了山岩、枞树和仆人。

仆人？是的，只有一个，那就是我们的西蒙。眼下这个世界上所有可爱的仆人所拥有的温柔禀性，都集中表现在西蒙的身上，我们有了歌声，有了曼陀林琴声，我们还有这男孩娴熟的演奏手法，我说的就是用那琴声变出许多甜甜蜜蜜来的手段。

已经是晚上了，天上星光闪烁、月色如洗，一阵阵清新的空气扑面而来，我们这时有一个、也必须得有一个温柔、身穿拖地白纱裙的女子，朝着楼下微笑，她招招纤手，要西蒙上去。显然，西蒙的歌声打动了这个白裙女子的心，因为那是一曲甜蜜、纯朴、可爱的曲子。"上来，你这个可爱、甜蜜、漂亮、多情的小男孩儿！"我们要欢呼了，激动得快要哽咽了，哽咽吗？具体说，那就是今晚的幸福小伙子嗓子里突然有种什么东西要涌上来的那感觉。我们看到西蒙迅速地消失在一片黑暗之中，四周又重新万籁俱寂。

作者现在得绞尽脑汁，竭尽想象，好来描述他眼睛现在看不见的所有情节。想象是一双无孔不入的眼睛。十米围墙、黑黝黝的树荫，这都无法阻挡作者的目光，在作者眼里，那高高的围墙和树荫像一张渔网，透过它便可以洞察到一切。这时，青年仆人飞也似的沿着宽敞、铺着豪华地毯的楼梯拾级而上。他一到楼上，那穿着一身白纱裙的女主人就已经等候在门口了。她伸出手来，把西蒙拉进房去，西蒙同时把她那细细的纤手举到唇边，这使她感觉到了一股灼热的青春气息。不过在这里，请读者允许我省略对吻手礼的一切赘述。反正女主人极其漂亮的手臂、柔软的小手、手指、指甲没有一处没有被西蒙的红唇贪婪地吻遍的。此刻，仆人西蒙两片咧开的嘴唇在这大献殷勤的过程中，逐渐变得格外红润和饱满。所以我们现在终于明白了，为什么大凡仆人的嘴唇总是像一本打开了的书，我们尽管接着往下读吧，看看这本书里面还说些什么。

自从白裙女子把纤手伸给男孩儿吻过之后，便开始极其真诚地跟男孩儿讲述起她是如何地寂寞、孤独之类，此情此景恰如主人跟一条聪明、机智、但又忠心耿耿的家狗叙述心里话一样。她说，每到傍晚时分，她都会在黯淡的夕阳中独倚危栏，内心里渴求一种说不出来的东西，这种勾心的渴求使她不得片刻安宁。她抚摩着西蒙蓬乱的头发，用纤细的手指轻轻抚弄他的红唇和灼热的双颊，反复地说："好孩子，你应该成为我的仆人，我忠实的奴仆、下人，你的歌声是那么优美，你的目光是如此忠诚，你微笑时的嘴唇是那么迷人,哦!我早就需要这么个男孩儿来陪伴我,好让我打发光阴。你要像只温柔的小鹿那样,在我面前蹦蹦跳跳,我会用手温柔地抚摸你这只温顺无辜的小鹿的。假如我累了,我喜欢骑在你棕色的背上,哦……"说到这时,高贵妇人的脸色略略泛红,长时间默默地凝视着房间内暗幽幽的一角,让那角落显得熠熠生辉。接着,她露出一丝善意的微笑,非常娴静地站立着,捧起西蒙的双手,把它们握在自己那双无比纤细美丽的小手中,说:"明天我就给你换上礼服,让你当我的仆人,我的奴仆,你现在累了吧?"她说这些话的时候,嘴角都带着甜蜜的微笑,并且在微笑中,她亲吻了西蒙,祝他晚安。贵妇人把西蒙带到一座高耸的古堡里面,走进一间干净的小房间里,她又吻了他一下,说:"我就一个人,整个古堡里面就我们俩,晚安。"说罢她便消失了。

第二天清晨,当西蒙下楼时,那个白裙贵妇已经站立在大门口了,她好像早就在那里耐心地等候着他了。她先把自己的纤手递给了西蒙,又用粉嫩的唇亲吻了他,还说:"我爱你,我叫克拉拉,假如你也喜欢我,就叫我克拉拉吧。"接着,他们走进了一间用豪华地毯铺设的精致房间，房间里面给人的感觉似乎是到了暗绿色的枞树林深处。房间里面有一把典雅的椅子，扶手雕刻得非常精致，上面搁着一套黑色庄重的仆人礼服。"你把它穿上！"哦，瞧！我们的卡斯巴尔、彼得或者西蒙现在得做出怎样一种傻乎乎、极其幸福和激动的表情。贵妇人示意让西蒙独自留在房间里换衣服，自己走了出去，十分钟之后，她又含笑走了进来，她看到了眼前站着的是一个身穿黑色礼服的仆人西蒙，他就好像是她在梦幻中常常遇见的那个人。西蒙看上去英俊极了。现在，他苗条的身躯天衣无缝般地裹在这套精致的黑礼服里面，他的行为举止也顿时与仆人身份和要求吻合得天衣无缝，但是他脸上还带有一丝尚待克服的腼腆，所以，他不由自主地依偎在女主人的身上。"我很喜欢你，西蒙，"女主人轻声地说道，"过来，来。"

他们日复一日地玩着主人和仆人的游戏，不久我们发觉，西蒙倒是把游戏当真的了。他觉得自己现在终于找到了他真正的职业，并且觉得这个职业非常不错。至于那高贵的妇人是否真的那么高贵，西蒙是绝对不会花费片刻工夫去思考的，他觉得不去想也同样是天经地义。在他从事服侍她那丰腴高贵身躯的工作时，他叫她克拉拉。除此之外，他从来什么也不多问一句，因为，哦，亲爱的读者，要知道幸福可不是东问西问就能问回来的。她很宁静地让西蒙到处亲吻，就像母亲让孩子在身上亲吻似的。一天，她跟西蒙说："我是个结了婚的女人，我丈夫叫阿加帕雅，这是他的洗礼名字，不是吗？他马上就要回来了。哦，多么可怕，他非常有钱，这座城堡，这里的森林、山地、空气、云和天空，一切都是属于他的。别忘了他的名字,他叫什么？"西蒙有点张口结舌："阿卡……阿卡……""阿加帕雅，我亲爱的孩子，好好地睡一觉吧，这名字不是魔鬼。"在说这句话的时候，她流了泪。

又过了几天，一周，两周，光阴如箭。一天晚上，当天色又暗下来的时候，女主人和仆人坐在城堡的露台上面，天上星光闪烁，那星光犹如坠入爱河的骑士，从天而降，落到这对特殊的情侣身上：穿着入时的女主人和打扮成西班牙骑士的男仆人。仆人和往常一样，在傍晚时操起曼陀林琴，而故事却跟我争论什么更"甜蜜"，是手指优美娴熟的弹奏，还是女主人落在西蒙身上的娴静的眼神。黑夜像只大鹫似的在空中盘旋，天色越来越黑，突然，他俩听到森林深处传来一声枪响。"他来了,魔鬼阿加帕雅就在附近,别怕,孩子,我给你引见,他没什么好怕的。"不过说这话的人却皱起了眉头,手也开始颤抖了。她叹了一口气,在极大的恐慌之中掺进一丝微笑,试图以此来掩饰自己的惊恐,西蒙则静静地观察着她。这时楼下传来一个浑浊的声音:"克拉拉。"女主人用一种甜蜜的嗓音高声回答道:"哎。"声音又回了上来:"楼上谁跟你坐在一起?"——"小鹿,我的小鹿!"西蒙听了这些,从座位上一跃而起,把瑟瑟发抖的女人抱在怀里,朝楼下大声喊道:"我是西蒙,若要向你证明我是条汉子,并不需要我再多生两只手出来,你这个混蛋,我可不是好惹的。你上来吧,我要给你介绍认识我深深爱着的女主人!"阿加帕雅大概觉察到自己目前的确是个十分愚笨、但又狡猾无比的魔鬼,头上还长着犄角。他停下了脚步,显然,他在思考如何进攻的计策,目前他面临的局势相当严峻,这迫使他三思而后行:"这个瞎了眼、胆大包天的流氓,竟然敢如此傲慢,看起来,我的优势并不明显,我得考虑考虑,考虑考虑。"这夜晚也要考虑考虑,这女人的行为出乎寻常,楼上那小子的口气,还有那些让人猜不透的东西,那究竟是什么,魔鬼也说不上来,这些都让魔鬼不敢轻举妄动。

考虑考虑，月明星稀;考虑考虑，林深鸟啼;考虑考虑，枞树梢隐隐约约，却又显而易见……"魔鬼在考虑"。仆人西蒙的歌声充满了胜利的喜悦。他今天要好好考虑考虑，这个可怜的黑魔王阿加帕雅，魔鬼被"考虑考虑"捆住了手脚，西蒙和克拉拉有情人终成眷属。什么?后来有一天故事问起，这是怎么一回事?

这故事讲到这里已经让人心惊胆战了，需要歇会儿了。

六则小故事

一、诗人

有个诗人,在他写下的诗集面前低头垂首,那是他写下的三十首诗篇,他一页页地翻着那本诗集,发觉每一首诗都能在他心头唤起某种特别的感觉。他绞尽脑汁地思索一个问题:隐藏在他诗句中间和萦绕飘浮在它们周围的究竟是些什么东西。他使劲地拧挤那诗句,但那东西却挤不出来;拼命地去抠,抠不出来;拉它、扯它,也都无济于事。那诗句还像原来那样一动不动，也就是说：晦暗。他把整个脑袋埋进双臂中，深深地沉入那本打开的书页中，他开始流出了绝望的泪水。而我却截然相反，只是弯个腰，低头瞥一眼，就马上识破了那名无赖诗人的所有鬼蜮伎俩。那不就是二十首小诗嘛，一首平庸简单、一首雍容华贵、一首神神叨叨、一首百无聊赖、一首伤感、一首神圣、一首小孩气、一首差劲得要命、一首有动物性、一首羞涩拘泥、一首狂妄大胆、一首不可理喻、一首令人作呕、一首妩媚动人、一首有节制，一首富丽堂皇、一首纯真、一首不值恭维、一首可怜之至、一首无法言说，最后没有了，因为一共只有二十首小诗。就这样，这二十首诗从我嘴里得到了一个快速评价，即便不能说是最公正的评价，但毕竟可以随口而出，信手拈来，做这种评价最不费力。不过有一点是肯定的，那个亲手写下这些诗歌的诗人还一直趴在他的诗集上，不停地掉着眼泪，阳光洒在他的身上，我哈哈的笑声像是冷风，猛烈地吹拂着他的头发。

二、琴

  我在琴弦上弹奏记忆。这是一把非常微型的弦乐器，用这把琴只能弹奏出一个声调，也就是说，同一个声调。这个声调一会儿长、一会儿短、一会儿迟钝、一会儿急促，如同在平静地喘息，或者像在急匆匆地跳跃，它有时悲伤、有时欢快。这个声调有一个特点，每当它听上去令人心绪沉重的时候，它就特别惹我发笑。当它开始欢快，开始跳跃的时候，我几乎忍不住要掉眼泪。你听到过这样的曲调吗？你知道在我之前曾经有人弹奏过这样奇特的乐器吗？这个乐器非常袖珍，它小到几乎很难拿到手中，对这把琴来说，这世上最纤细、最柔软的手去抚摩它也显得太粗糙了，它的琴弦精细得无法用语言表达。这样吧，头发丝与这琴弦相比，简直就成了粗麻绳了。有个男孩儿会弹这把琴，我则有暇躲在暗处的角落里窥视，偷偷地听他弹奏。他日日夜夜不停地弹奏，茶饭不思，也就是说，他从早弹到晚，从晚弹到早。时间对他来说也只是像某一种琴声，他可以任凭它在面前流逝，就像我在偷偷地听他弹奏那样，那抚琴的人正聚精会神地偷听着他痴心情人的倾诉，他的情人就是那悠扬不绝的琴声。我从来没有见过这样的痴心郎，会那么久地躲在一边听琴（情），他听得那么地专注，那么地忠诚。哦！我去偷听，窥视躲在那里偷听、窥视的人；去看那痴心的情郎，去感觉那种"忘我"和忘掉周围一切的境界，是多么的甜蜜啊。那个男孩是个艺术家，记忆是他的乐器，黑夜是他的空间，梦幻是他的时间，而那琴声，他赋予生命的琴声，是他勤奋的奴仆，是世上期望听他说话的耳朵，而我的耳朵只是感动得说不出话来。

三、钢琴

我不知道那个少年叫什么名字，只知道他运气不错，能够与一位这么美貌、温文尔雅的钢琴女教师学琴，她在亮铮铮的钢琴上教他练习演奏。现在轮到他弹了，那少年让这双世界上最美丽的纤手来指导他如何弹奏琴键。夫人细长的手指在琴键上滑行，犹如雪白的天鹅掠过深色的湖面。她谈吐优雅,而那少年却心不在焉,好像并不十分情愿把他的女教师放在眼里。"你来弹一遍。"少年弹得极其糟糕,"再来一遍。"可是这回他弹得比前一遍更加糟糕。现在,他得再弹一遍,可是他总是弹不好。"你太懒惰了。"受批评的少年掉下了眼泪,女教师则微微一笑。"你真懒惰。"那个受责备的少年把头倚在钢琴上,而责备他的女教师轻抚着他栗色的柔发。此时,受到爱抚的少年感到一丝羞愧,他抬起头来,吻了那只白皙、灵巧且温柔的纤手。而女教师也用她绝美的双臂缠住少年的柔软脖子,并把他拥入怀中。此刻,女教师让那少年尽情地亲吻,而那可爱少年的双唇也在女教师的热吻下沦陷了。现在被吻者的双膝除了像被伏倒的草那样跪下去,没有其他更紧迫的事情要做了。跪着的少年现在没有什么比伸出双臂去抱住女教师的双膝更简单的事情了。女教师的膝盖也开始微微地颤动着,现在他俩,善良、高贵的夫人,普通、可怜的少年变成了一个拥抱、一个吻、一个共同的倒下和同一股泪水。剩下的只是:当有人在这个情形下打开房门走进来的话,那么肯定,这会是一个突如其来的意外,以及毫无准备的惊讶。对他们俩被遗忘的爱情来说,这是个甜蜜,而对于这篇小故事来说，大概是个美好的结尾。

四

现在我的脑子里出现了一个贫困潦倒的诗人，他活得不仅凄惨，而且情绪极度压抑、恶劣。由于他对上帝创造的那个生灵和万物的世界已经领略得太多太多了，并且对它们都感到了厌倦，所以决定今后只在想象中写诗。一天晚上、或者一天中午、或者一天早上，或者八点、或者十二点、或者两点钟，他独自坐在公寓一间光线昏暗的房间里，朝着墙壁说："墙壁啊，我没有忘记你，你不必多费什么力气的，你不要用平静、奇特的外貌来欺骗我。再说，你早就被我的想象俘虏了。"接着他对窗户和昏暗的房间说了以上同样的话。哦，对了，这昏暗的光线也是与他天天相伴的。一会儿，在某种历险欲望的支配下，他毅然决定去散步，让喜欢散步的双脚把他带到户外去。在湛蓝的天空和朵朵白云下，他穿过田野、森林、草地、村庄和城市，穿过河流和湖泊。

面对着田野、草地、阡陌、森林、村庄、城市和河流,他总是说:"嘿,伙计们,你们都在我的脑袋里,不要再以为你们这些东西会给我留下什么印象之类的。"回到家里后,他常常对着自己大笑,你们,所有的一切,都在我的脑子里。所以可以认为,他那些东西现在仍在脑子里面(我多么想帮助它们),在里面就出不来了。这难道不是一个美好的故事吗?

五

从前有个写诗的人,他非常热爱他公寓里的房间,所以他几乎整天都坐在他的靠椅上,瞪着眼睛看着四周的墙壁。他把墙上原来挂的油画取了下来,目的是不让任何东西来分散他的注意力,也就是说,不给任何东西有任何机会来引诱他的目光,他只盯着房间里那几堵斑驳、丑陋的墙壁看。我们不能说,他带有什么目的,或者要研究这间房间。恰恰相反,我们必须承认,他只是毫无思绪地在做白日梦,一个接着一个地做。在梦中,他的情绪冷漠,似乎像个精神病人，既没有悲伤，也不兴高采烈；既不愉快，也毫不忧郁。他在这种状况下过了整整三个月，第四个月开始的头一天，他就再也不能从靠椅上起身了，他已经紧紧地粘在那靠椅上了。这是一件非常奇特的事情。看来，这肯定是讲故事的人在说瞎话。讲述故事的人现在明确地告诉大家，接下来还有同样奇特的事情会发生。这个时候，我们这位诗人的一个朋友来到他书房里拜访他。他一进门就进入了梦境，也就是进入了诗人终日沉浸着的同一个梦境，那既不悲伤，也不好笑的梦。一段时间以后，第三个人来了，那人是写小说和散文的，他是来找第二个人的，他也陷入了那个同样的梦境，这样一个接一个，一共有六个诗人、作家落得同样的地步。这些人都来打听自己朋友的下落。现在这七个人全部坐在那间又小又暗的房间里，这间房间空荡荡、阴森森的，又破又冷。窗外大雪纷飞。他们坐在那里一动不动，再也不会走进现实生活和大自然中去体验生活了。他们坐在那里发呆。这个故事按理可以赢来一大片笑声，但这笑声竟然也不能把他们从这种悲惨的境遇中间解救出来。晚安！

六、美丽的地方

虽然当别人给我讲述下面这个故事时，我对这个故事的真实性持怀疑态度，但是我还是以很大的热情把它听完。现在我尽全力把这个故事转述给你们听，我尽量做到不丢三拉四，要我讲故事，我只有唯一的一个条件：你们不许用哈欠来打断我。从前有两个诗人，他们其中的一个叫爱玛努埃尔，他是个非常敏感、近乎神经质的年轻人。另一个性格比较粗犷一些的叫汉斯。爱玛努埃尔在森林里发现了一个隐蔽的角落，在那里可以不受任何东西的打搅，可以让自己躲起来，他非常愿意躲到那里去写诗。就是因为有了这么个藏身之处，他才写诗，都写些没有什么意义的小诗，并且全写在祖父传下来的一本笔记本上，爱玛努埃尔看上去对他写诗的职业甚为满意。真是的，他有什么理由对这个职业不满意呢？森林里的那个去处安静、舒适，头顶上的天空湛蓝、晴朗，白云调皮，河对岸的那片树林郁郁葱葱、色彩迷人，草地柔软，小溪潺潺，浸润着这片宁静的湿地。一切都是那么的清新，假如爱玛努埃尔先生在这么美丽的地方还会觉得自己不幸福，那么他就真是个大傻瓜了。天空晴朗地笑着，就像把金色的阳光和一片湛蓝赐给森林那样，它也把同样的美赐给它纯洁的诗作。这田园诗般的宁静看上去似乎是无法打破的，可是下面的干扰就像每人都有的倒霉日子那样，即将出现，无法避免。打破平静的事件是这样的：我上面已经提到的那个汉斯，也就是另一个诗人，他自己无意识地走进了这片森林，他绝对是偶然走近爱玛努埃尔的那片宁静的栖身之地的。就在这个时候，他发现了这个角落，以及这个角落的主人爱玛努埃尔。尽管他们俩从前互不认识，也没见过面，汉斯还是马上觉察出了爱玛努埃尔身上的诗人气质，这就像一只鸟马上就会辨认出它的同类一样。汉斯偷偷地从背后走近爱玛努埃尔（我在这里把故事说得简短一些），突然在他的脸颊上重重地拍了一下，爱玛努埃尔惊叫一声，吓得跳了起来，他还没来得及转过身来，去看清是谁在背后袭击了他，汉斯就消失得无影无踪了。汉斯对自己的行动沾沾自喜，以为已经顺利地把竞争对手从这个地方永远地驱逐出去了，他马上在脑子里构思，怎样才能最巧妙地来描绘这片寂静树林和它的可爱之处。他也随身带有一本笔记本，上面写满了各种诗歌，有好的，也有不怎么样的，他原来还想过几天把这些诗作拿去发表。这会儿，他把这本笔记本掏了出来，就像所有诗人都喜欢做的那样，开始把所有的胡思乱想都画到那小本子上去，就好像抒情诗人那样在寻找灵感。他好像在全神贯注，并且竭尽全力，试图把眼前那片抢夺来的美丽风景使劲地塞进他温柔的诗句中去，同时，他还尽力想让这些诗句看上去有一丝生气。正在他为此绞尽脑汁、感到无比痛苦的时候，他身边又有些什么新的东西令他心神不定，迫使他不得不放弃这块风水宝地，其实这块地方只不过是他像一只恶犬那样猖獗狂吠，刚从别人手里夺来的。这时这个天堂里显出了第三个人的身影，那是一个女诗人，女诗人的声响让汉斯大吃一惊，他抬头一看，迅速认出了她是自己的同行。他还来不及给那女诗人献殷勤，便立马遁逃，不知去向。这个美丽的故事到这里便停住了，我完全明白和理解这个故事的无奈，原因很简单，我和故事一样，都无法把它再继续讲下去，若再往下写的话，就会掉进意义空洞的深渊。难道前面已经写了两个诗人了，现在再把女诗人平淡地描述一番，这不让人觉得乏味吗？在这里，我只想愉快地告诉大家，那个女诗人在这座美丽的森林里并没有觉得什么美丽，也没有什么奇特的，被人同样赶走的时候，她也是这样慌不择路、四下逃窜。大概写诗的人都是些魔鬼。

一个什么都无所谓的人

不久前或者很久以前,有一个健忘的人。他什么都记不住,也就是说,他对什么都无所谓。难道他满脑子都是重要的思想?根本没有!他完全没有思想,脑子里空空如也。一次,他把全部家产都弄丢了,但他丝毫没有感觉,根本不当一回事。对此,他一点儿都不感到心疼,因为谁无所谓,谁就也不会心疼。如果他把自己的雨伞忘在什么地方了,那么直到再次下雨的时候他被淋个湿透,才会想起自己的那把雨伞。如果他忘了自己的帽子,只有当有人对他说:"您的帽子呢?宾格利先生!"他才会想起。他的名字叫宾格利,不过他并不觉得这个称呼有什么错,他同样也可以叫做利希蒂。一次，他的鞋底掉了，他完全没有注意到，打着赤脚还到处跑，直到有人以极其独特的方式提醒他。因此人家都笑话他，不过他对此也毫不在意。后来他妻子随自己的性子跟别人跑了，宾格利也不在乎。他常常耷拉个脑袋，但完全不是因为他在研究什么的缘故。别人可以从他手上把他的戒指夺走，可以将他盘子里的食物拿走，把他头上的帽子摘掉，把他的裤子和靴子从身上脱下来，把他的衬衣脱掉，把他脚下的地板抽掉，把他嘴上叼着的雪茄拿走，把他的孩子、他坐着的那把椅子偷走，他也都不会有所察觉。就这样，他一天天地过着美好的日子，直到有一天他的脑袋丢了，这一定因为他的脑袋没有牢牢地长在他脖子上的缘故，所以才这么突然掉了下来。宾格利的脑袋掉了，他也没发现有什么地方不对头。虽然脖子上少了个脑袋，他仍然继续走路，直到有人对着他大声地喊道："您的脑袋没了，宾格利先生！"

但是宾格利先生无法听见别人跟他说了些什么，因为他的脑袋掉了，所以耳朵也没有了。宾格利先生现在完全无法去察觉、去感知什么了，他没了嗅觉、没了味觉，什么也听不见、什么看不到了，他完全没有知觉了。你相信吗? 如果你非常友好地相信了这件事，那么你会得到二十个生丁[1]，你可以拿它去买点什么喜欢的东西。不是吗?

除了讲这个童话故事，我不能忘记一双手套。我是在一张桌子的角上看到它如此优雅、但又懒洋洋地垂搭着的。究竟是哪位美丽高贵的女士粗心大意地将它遗忘在这里的呢? 那是一双非常精美、几乎跟手臂一样长的淡黄色手套，这精美的手套在娓娓地诉说它主人动听的故事，言语温柔，充满着爱意，就像漂亮和善良女人们的一生。这双手套就那样垂搭着，多么优雅! 它散发着诱人的香味! 它几乎想引诱我将它贴到我的脸颊上，不过这样做显然有一点傻，但是人有时就是那么喜欢做傻事。

1 　一个瑞士法郎等于一百个生丁。

柏林小女孩

今天我爸打了我一记耳光,当然,那是一记真正慈父式的耳光,打得有点温柔。挨这记耳光的原委就只因为我说了句:"老爸,你脑子里尽是些糨糊。"很显然,我说这句话的时候欠些考虑。"女士要使用文雅的语言。"我们学校里教语文的女老师是这样说的,她听了我的叙述后感到昏厥般地震惊。但是爸爸绝对不允许我取笑师道尊严,也许爸爸是对的。说到底,人总是要上学的,上学是为了表现一定的学习热情和对学校的某种尊敬。此外,老是去发现别人身上滑稽的东西,还要以此去取笑别人,那实在是太低级趣味了、太不高雅了。淑女要注意培养自己的高贵和优雅，我非常赞同这种观点。从来没有人要求我干活，永远也不会有人来要求我做些什么。相反，却有人要求我表现出一种雍容华贵的气质来。我将来需要从事某种职业吗？哪里会呢，我会成为一个娴雅的女士，我会嫁人的。不能排除我将来有折磨我丈夫的可能性，不过，要真的那样的话，可实在有点可怕。人一旦习惯于藐视别人，那么他其实也在瞧不起自己。我今年十二岁，智力发育过人，否则我的脑子绝对不会想这种东西的。问我将来会不会有孩子？这个问题怎么回答呢？假如我未来的丈夫不是那种让人瞧不起的人，我会要孩子的，若是这样话，我很坚定地认为，我会有孩子的。我会亲自教育我的孩子，不过现在我连自己都还需要接受教育。看，我脑子里面想的尽是些傻事。

柏林是世界上最华丽、最文明的一座城市。假如我连对这点坚如磐石般的信念都没有，那么我连自己都会恶心的。皇帝[1]不是住在这座城市里吗？假如皇帝不觉得柏林是世界上最美丽的城市，他会住在这儿吗？最近，我有幸在大街上看到皇储们坐在

1　指德意志帝国（1871—1914）的皇帝威廉一世或弗里德里希三世。

敞篷马车上招摇过市,他们可爱极了。皇储看上去就像英俊、年轻、快乐的上帝。我觉得坐在皇储身边的贵夫人也非常漂亮,一身绒毛貂裘暗香挟裹。天空似乎落下无数花瓣,纷纷落在这对佳人身上。普鲁士的皇家狩猎园[1]里天高气爽,我几乎每天都要和我的小姐一起,就是和我的家庭老师一起在那里散步。在那里,你可以无忧无虑地在笔直的或者弯弯曲曲的小路上散步,走进那一片绿色。就连对什么都不再感兴趣的老爸,也对皇家狩猎园情有独钟。我爸爸是个受过良好教育的人,我觉得他非常喜欢我。假如他读到我现在正在写的东西,那可不得了。不过,等一会儿我会把这些都撕了的。像我这样又愚笨、又幼稚的人还想写什么日记,其实这是很不合适的,但是人有时会很无聊的,百无聊赖的时候很容易会想到去做不合时宜的事情。我的家庭女教师非常友善,怎么说呢,在一般情况下,她忠心耿耿,也很爱我。此外,她非常尊敬我爸爸,这是至关重要的。这位女教师身材瘦小,不像我们家原先的女教师,胖得像只蛤蟆,给人一种随时要鼓得爆炸的感觉。那胖小姐是英格兰人,现在她肯定也还

---

[1] 即今天的柏林蒂尔加滕(Tiergarten)公园。

是英格兰人，不过她自从对我们大胆放肆的那一刻起，就与我们没有任何关系了，爸爸炒了她的鱿鱼。

我们俩，也就是爸爸和我，马上要出门去旅行了。眼下是旅行的季节，有身份的人在这个时候是一定要出门旅行的。假如在这种时候不出门，你说难道不可疑吗？爸爸决定去海边，他肯定会整天躺在沙滩上晒太阳，让夏日的太阳把自己浑身上下晒成棕红色，所以九月份左右他看上去最健康，他的脸不适合那种由于紧张而造成的苍白颜色。除此之外，我自己也喜欢男人的脸被太阳晒成古铜色。这样，他们看上去就好像刚打完仗、从前线回来的那样。这难道不是小孩儿的幼稚想法吗？是的，我还是个小孩子。对于我来说，要紧的是到南方去，先到慕尼黑，然后去威尼斯，那里住着一个跟我有直接关系的人，妈妈。我的父母是分居的，其原因我无法深究，但也由不得我猜测。我大多数时间住在爸爸这里，但妈妈当然也有权利，最起码每年和我生活一段时间。我对即将到来的旅行兴奋不已。我很喜欢旅行，我认为几乎所有的人都喜欢出门旅行。登上火车，火车隆隆出站，驶向远方。你坐在那儿，任凭那火车把你载往遥远的什么地方。我的日子其实过得挺不错。什么? 问我什么叫贫困潦倒? 那我可一无所知, 我觉得根本没有丝毫必要去体验那种毫无价值的生活。不过对那些穷孩子我还是深表同情的, 假如我处于他们那种境地, 那我会从窗户里跳下去的。

我和爸爸住在城里最富有的住宅区里, 这个住宅区非常僻静, 干净得让人觉得有点过分, 同时这个住宅区有相当长的历史, 因此这儿是富人区。什么? 问我是不是新房子? 我才不愿意住崭新的房子呢, 新房子总是什么地方有毛病。我们这一带的房子都带花园, 在这种地方几乎看不见任何穷人, 比如工人之类的。我们周围住的都是些工厂主、银行家或者其他一些以金银财产为职业的富人。好了, 这样看来, 爸爸一定也很有钱。穷人根本无法住到这种地方来, 因为这儿的空间、地段都太昂贵了。爸爸说, 贫困阶层都住在城市的北边。柏林就是这么个城市。什么叫城北? 对我来说, 城北比莫斯科还要陌生。我有很多风景明信片, 是从莫斯科、圣彼得堡、海参崴、名古屋寄来的。我熟悉比利时和荷兰的海滩, 我去过阿尔卑斯山的恩加丁大峡谷, 高耸入云的大山和绿茵茵的山麓, 但是我不认识我们柏林的城北。柏林是座人口密集的大都市, 也许, 它是一个猜不透的谜。爸爸捐助艺术活动和一些艺术家，他从事的职业据说叫贸易，并且爸爸的店面绝对豪华，他经营的是绘画作品，我们家里也挂着一些非常漂亮的油画。我想，有关爸爸店里的生意大概如此：艺术家一般都不懂如何经商，或者他们出于某种原因不愿意去弄懂这一行。换句话说，这世界很大，冷酷无情，这世界从来不会去考虑艺术家的生存问题。这时，我爸爸就以救世主的姿态出现了，他有各种各样的关系，他以非常巧妙和聪明的手段把艺术带给这个本来并不需要艺术的世界，同时，爸爸也把那些没有他便会贫困潦倒的艺术家推向世界，爸爸经常鄙视他的顾客，但也常常看不起艺术家们，他对他们的态度要视情形而定。

不，除了柏林，我什么地方都不想待。难道小孩儿住在那些小城镇、那些破旧古老的城市，会比住在柏林更好？我不否定，那里有些东西我们柏林的确没有。浪漫？我认为任何东西只要还有点生气，那就是浪漫，对此我不会弄错的。那些旧的东西，破破烂烂的，病病快快的，比如那截古老破旧的城墙，那些没有用处的东西恰恰有一种神秘的美，那就叫浪漫。我喜欢梦见那些东西，我觉得能梦到那些东西就心满意足了。说到底,真正浪漫的东西是心灵,每一个有感觉的人都会把古墙环抱的城堡放在心里。我们柏林马上就要被新建筑挤扁了。爸爸说,这里所有的历史古迹都快销声匿迹了,不久就没有人再认识柏林城了。爸爸从天上到地下,事无巨细,什么都知道,最起码他"几乎"什么都知道,当然,因此而得益的首先是他的女儿。不错,那些镶嵌在大自然之中的小城市也许的确很美,那里一定会有许多迷人的地方,可以玩捉迷藏;有许多洞穴,可以爬进去玩;有草地、山野,几步路就可以走进树林,这些地方就像在绿色的怀抱之中。可是我们柏林有个冰宫,人们即便在最炎热的夏天也可以溜冰玩。另外,柏林在各个方面比德国其他所有的城市都要先进,它是世界上最干净、最现代化的城市。这些都是谁说的?当然是爸爸,他多好!是的,我从他那儿学到许多东西。我们柏林的大马路已经摆脱了一切肮脏和坑洼不平,它们平坦得像滑冰场,光亮得就像打了蜡的地板。时下正好有些人在平坦的马路上滑旱冰,谁知道呢?趁着溜旱冰还算一种时髦,说不定哪一天我也会穿上旱冰鞋在马路上溜溜。这里有许多时髦的东西流行,一件还没好好登场,更新的时髦又出来了,去年几乎所有的小孩儿,也有许多大人玩抖空竹,今天已经不流行玩那个了，也许以后再也不会有人去玩抖空竹了。柏林就是这样在急速地千变万化，柏林总是时髦的发源地，这里有东西一流行，别的地方就跟着学。谁也没有强迫谁模仿，但女人都是生活中模仿他人的高手。不过其实每个人都在模仿他人。

爸爸有时会很可爱，他其实是个大好人，但他脾气暴躁，他会对我根本不明白的那些事情暴跳如雷，这种时候他非常可怕。是的，我在他身上看到了愤怒和坏心情是怎样把人弄得丑陋无比的。爸爸情绪不好的时候，我不由自主地觉得自己就像一条挨打怕了的小狗，时时刻刻得当心着点，所以爸爸应该避免向他的周围世界展示他的任性和内心的不满，即便这个周围世界有时只有他女儿一个人，那些做父亲的都是在这种时候做坏事的，我对这点有着切身体会。不过谁没有弱点？难道有人从不犯错，一点错误都不犯？谁会没有罪孽？有些父母认为，在孩子们面前不需要把自己的臭脾气掩饰起来，但是他们不知道，在他们像暴君似的暴跳如雷的同时，他们就其实已经成了奴仆。爸爸应该在冷静中战胜自己的坏情绪（不过这点谈何容易！），或者他的那些臭脾气应该发到别人身上去。女儿是个淑女，是年轻的女士，每一个养育女儿的男人内心都应该明白，他是个对女士无比谦恭的骑士。在这里我要明确地声明，我在父亲身边就像在天堂一样，如果说，我能够在他身上发现某些缺点和错误，那么毫无疑问，恰恰证明了他遗传给我的那份聪明才智，这是他的聪明才智，而不是我的，我正是用这份聪明才智来对他进行观察的。爸爸肯定不会毫无道理地向别人大发脾气，这些人都与他有这种或那种关系，都是靠他生活的，这类人在他周围有不少。

我有自己的房间和家具、奢侈品、书等东西。哦，上帝，我的生活其实很富裕。问我对爸爸会感恩戴德吗？这个问题问得多无聊。我对他恭敬从命，说到底，我是属于他的，他也是正因为有了我，才以我为自豪。我会让他操心，我是他在家里的牵挂和烦恼，他有时会训斥我，而每当这种时候，我总是微微一笑，机智应对。爸爸喜欢发脾气，幽默，也热情大方。每次过圣诞节的时候，他送我的礼物都堆积成山，对了，还有我房间里的家具，据说它们都是一个很有名气的艺术家设计的，爸爸几乎只跟有名气的人来往，也就是说，他只跟名气来往。假如在这名气后面还有点人气的话，那么自然更好了。你如果知道一个人很有名气，而事实上又名不副实，那会是一件多么痛苦的事情。在我的想象中，这种事情是很普遍的。难道这种知名度不是一种病态吗？至少我是这样认为的。我房间里的家具是漆成白色的，一只深谙艺术的手在上面画了一些花果之类，看上去非常漂亮，画这画的艺术家是个大好人，爸爸对他的评价极高。大凡得到爸爸高度评价的人，一般都要表现出受宠若惊的样子。我个人认为，一旦爸爸对某人友好、善良的时候，那背后肯定意味着什么，假如他还感觉不出什么来，还以为真的是好事情、并且因此而忘乎所以，那么吃亏自然就在眼前了，只怪这种人对人情世故懂得太少。在我眼里，爸爸是个很奇怪的人，他对社会的确有一些影响，这点是明摆着的。我房间里的那些书籍一点意思都没有，真没劲。是的，这些书根本不是给我读的，比如说，它们根本不是什么所谓的"少儿读物"，这些书籍自称是"少儿读物"，简直是在瞎说。什么？竟敢有人给小孩看那些幼稚的书，不让小孩开拓眼界？对小孩不应该老是说些孩子气的话，我自己是一个小孩，我痛恨那些孩子气的东西。

　　问我从什么时候开始不再玩小孩玩具？哪里的

话?玩具是甜蜜的,我还要玩娃娃呢,还要玩很久,这点我很清楚。不过,我玩娃娃是有意识的。我知道玩娃娃很傻,但是傻傻的、没有用处的东西也很美好。我想这大概就是艺术天性吧。许多年轻有为的艺术家、画家常常到我们家来吃饭,也就是说,到爸爸这儿来吃饭。他们收到了邀请,于是如期而至。这些邀请信常常是由我来写的,有时小姐也帮着写。餐桌上气氛良好,大家都很开心,当然,这餐桌是不会像殷实人家那样装饰得富丽堂皇、奢侈豪华的。显而易见,爸爸很喜欢跟青年艺术家们交往,特别是那些比他年纪轻的艺术家,而实际上,在这种场合里往往他最活跃,显得最年轻。大家总是可以听到,在大多数时间里,只有他一个人在那儿说话,其他的人都在聆听他长篇大论,或者他们也会偶尔给爸爸敲敲边鼓,插科打诨,也挺好玩。爸爸无论从学识上、修养上,还是在对社会政治的看法上,都胜过他们一筹,所以其他人只剩下跟他学的份了,这点我看得清清楚楚。吃饭的时候,有时我常常忍俊不禁,在这种情形下,我往往会得到爸爸某种含蓄的、或者明确的警示,要我遵守应有的规矩。对了,通常吃完饭后大家开始犯困,爸爸靠在皮沙发上开始打呼噜,这可是一个非常不好的习惯。不过,我特别喜欢爸爸的行为举止，因此我也格外喜欢他的鼾声。你说一个人能不停地寻欢作乐吗？他做得到吗？

爸爸会大把大把地花钱，他赚钱赚得多，因此花钱也花得厉害。他活着就是赚钱，他自己要活，也让别人活。爸爸看上去甚至有点挥霍和浪费，只要他醒着，便没有片刻的安宁，很显然，他属于那种总是不断在冒险的人，冒险不仅是他必需的，对他来说，冒险也是一种乐趣和享受。在家里，我老是听人在说什么成功和失败之类的话，到我们家来吃饭的、或者跟我们家交往的那些人在这世上或多或少都取得过一些成就，什么叫"在这世上"？是谎言？是空话？无论怎么说，我爸爸生活在这空话当中，他甚至在某种程度上还起着导演的作用。爸爸的目的很明确，那就是如何运用权力。他试图让自己和他所感兴趣的人的个人意志能得到充分发挥，让自己能说了算。他的原则是：对我不感兴趣的人，那他自己倒霉。在这种思想的指导下，爸爸浑身上下总是充满着健康的人生观，所以他出现在人们面前的时候总是非常自信、非常坚定、非常得体。至于那些没有价值的人，他从来不屑一顾，因此也没有什么必要去说他们的坏话，不值得。看，我都说了些什么?难道这都是从我爸那里学来的?

我在接受良好的教育?对于这点,我没有任何怀疑。他们教育我怎样才能成为一个合格的大都市公民,他们对我很信任,但在某种程度上也相当严格,比如他们允许,但又禁止我适应烟草的味道。我将来要嫁的那个男人必须要有钱,或者他要有充足的理由来说明,他将来有一天一定能够达到坚如磐石般的富裕和殷实。贫穷?我无法忍受,我以及和我一样出身的人绝对不可能忍受没有钱的痛苦。要是那样的话可真的是太傻了。此外,我会选择一种简单的生活方式,我不喜欢外表的富丽堂皇。对我来说,简洁就是奢华,从各种意义上来看,干净和整洁都在闪烁着光辉。说到底,要达到这种简洁、舒适的生活也是要花很多钱的,舒适是昂贵的。看,我说得多么起劲。我是不是有点太大胆狂妄了?我会恋爱吗?什么叫爱情?我面前的道路肯定非常神奇、非常美好,因为我对眼前的一切还那么无知,要明白它们的道理我还太年幼了。我会在生活上遇到些什么呢?

陌生人

我干了一件大坏事,我犯下的是一种叫"疏忽"的罪孽,这是我对自己干的一桩混账事。在我身上,我看到了人怎么会出于惰性而作孽。以前,我一向是等待别人主动朝我走来,而假如所有的人都像我那样等待,假如每个人都在等待某种东西出现,会怎么样?现在我觉得如果那样,所期望的东西永远也不会出现。按这个道理,对所有的人来说都一样,什么东西也不会降临。永远期待、等待,什么都不会到来,大家所等待的也永远不会出现。等待就是罪孽。我没有走向他人,而是等待别人偶然地朝我走来,这就是我的惰性,是我无法辩解的高傲。

昨天晚上我站在窗前，窗子开着，窗下有一个陌生青年似乎在寻找什么，他很奇特，抬起头来朝我看了一眼。我也朝他看了一眼，他的眼神里面似乎蕴含着什么意思，好像要给我一个小小的暗示似的。我其实只需稍稍地点一点头，那么人和人之间的某种联系也许就形成了。当然，在这里显得比较奇特，也许不会成形，谁知道呢。不肯定的东西谁也说不准，不过也难说。那陌生人在神秘昏暗的夜色中，显得有点模模糊糊，我当时真的应该给他一个回应。那陌生人看上去好像很窘困，孤苦伶仃的。而在同时，他看上去又似乎很有学问，好像特别见多识广，会讲述许多有价值的东西，我有一种感觉，他讲述的故事一定会很感人，一定会打动人心。我怎么会对他置之不理呢？我几乎无法理解我的行为。人通常就是以这样的方式来来往往，相互走近又擦肩而过，谁也没有留下任何痕迹，这太不好了，不仅不好，而且非常恶劣，这是一种罪孽。那么我自然要找一个借口来逃避罪责。我对自己说，也许那个陌生人并没有想跟我说什么话的意思。什么叫"也许"？在这个"也许"上，我已经无法辩解了。我承认，从另一方面来看，也就是说换个角度来看，那陌生人的确有什么东西想要跟我说。按照这个道理，我无论如何也没有办法来推卸责任。我让那个年轻人就这么从我眼前消失了，也许，他完全有可能成为我的朋友，我也可能成为他的朋友。奇特，真是太奇特了。我感到很惊讶，不，还不仅仅只是惊讶，而是震惊。悲伤一阵阵地涌上心来。

我觉得自己非常没有责任心。甚至可以说，我感到很难过，感到不幸。不过我不喜欢"幸"或者"不幸"这两个字眼，它们什么也说不清楚。我已经给那个陌生人取了一个名字，就是那个在我窗下想要跟我打招呼的年轻人，我叫他托波特。每当我想到他的时候，他就以托波特的名字出现。在半睡眠半清醒中偶然想出这个名字来的。他现在在哪里？他在想些什么？我是不是能够猜出他脑子里的想法？是不是能猜出他现在正在想些什么？或者反过来，我是否能想象，他脑子里会不会有跟我一样的问题。我的思绪久久地萦绕在他身上，在那个寻找过我的人的身上。很明显，他在寻找我，而我却没有向他敞开双臂，因此他离去了。在房子边的街角上，他还再一次转过身来，朝我看了一眼，然后消失在夜幕中。他是不是永远也不会再出现了？

致纽扣

一天,我狠狠地打了个喷嚏,把衬衫纽扣孔给崩裂了,我像个心灵手巧的女裁缝,孜孜不倦地缝补着那小小的纽扣孔,这时我忽然想起,要对那颗老实巴交的衬衫纽扣,那忠心耿耿、谦虚无比的小哥儿,轻轻地嘟哝上几句,也许,这样的嘟嘟囔囔恰恰表明我的诚意所在,我用嘟囔向纽扣致以下的敬意。

"我亲爱的小纽扣儿,"我这么说道,"你对主人忠心耿耿,为他默默无闻、勤勤恳恳、始终如一地服务了这么些年,我想,大概有七年多了吧。尽管你的主人对你所做的这一切从来不闻不问、不恭不敬,他对你欠下了许许多多的答谢和恭敬。可是你却从未对此表示过一丝半毫，想要提醒他来向你道一声谢。

"你的主人往日欠下对你的答谢和恭敬，今天他要来偿还了。我现在终于想明白了，你是多么重要，我明白了你存在的价值所在，在那些为我服务的漫长岁月里，你始终都是那么谦逊、那么耐心，没有一时片刻想过要突出自己，把自己摆到某个有利的位置上去，好让绚丽、漂亮、刺眼、同时又令人瞩目的聚光灯打在你的身上，笼罩住你。你总是低调地（或默默地）待在最不起眼的角落里，心满意足地实践着你可爱的美德，你的这份谦虚令人感动、令人痴迷，怎么夸赞都不为过。

"你以此证明了你身上的力量，是一种建造在诚实和努力之上的力量，既不需要别人来赞扬，也不需要别人的恭敬。而赞扬、恭维和尊敬是任何一个略有成就的人都会极力去追求的东西。你的力量和禀性让我钦佩之至。

"你微微地笑了，我最崇高的纽扣儿，哦，我心疼地发现，你看上去被用得都已经有点磨损了。

"亲爱的! 我最出类拔萃的小纽扣儿! 那些总

喜欢沉浸在阵阵掌声中而无法自拔的人；那些有烦恼、怨恨、委屈的人，一旦他们没有得到别人的赞美、安慰和好言相劝时就垂头丧气、悲痛欲绝，这些人都应当以你为榜样，向你学习。

"纽扣，即便没有任何人会真的去想，你这纽扣是否存在，你都能够心安理得地活在这世上。

"你是幸福的，因为'谦虚'本身可以让自己得到幸福，'忠诚'给自身带来了最大的满足。

"你没有使自己混出个模样来，而只是做了一颗纽扣本来就应该做的事情，最起码来说，你看上去像在默默无闻、全心全意地恪守和完成自己的职责。这就像是一朵最芳香的玫瑰，她的美丽即便对她自己来说也是一个谜，因为她散发芬芳不带丝毫功利目的，因为芬芳是玫瑰的宿命。

"你就像上面所说的那样，就是这颗纽扣的自身，你自己是什么就是什么、就做什么。这点让我惊叹、让我感动，也使我震惊，你让我去思考一个问题，这个世界上尽管有许多的现象令人担忧，但毕竟还在三两处那么些细小东西，发现它们的人会因此而感到幸福和愉快，会给他带来一个好心情。"

1926 年《日记》残篇[1]

今天我散了一小会儿步,哦,我只是四处稍微走了走,不错,我进过一家食品店,看见店堂里有个小姑娘,挺可爱的,她个子娇小,站在那儿的样子显得很腼腆。散步时我一直在想,我这篇文章用什么话开头来着,什么?文章?哦,就是现在我要往下写的这篇东西,写这篇文章几乎花费了我二十多天的时光。在那些日子里,我算是勤奋之极了,几乎没

---

1 本文为瓦尔泽生前未发表的誊写手稿,原文无标题。卡尔·塞里希为手稿加了《日记——致女士》的标题。在瓦尔泽的《来自铅笔领域》中有与此文相关的草稿多篇,均书写在 1926 年 4 月的日历纸片上,从誊写的格式、段落和文体来看,瓦尔泽对这篇日记散文曾有发表的打算。

有时间搁下笔来稍事休息，我是想说，我绝对不想让自己过分地投身到我笔下的这篇《札记》中。当然，我也完全可以不叫它什么《札记》，而把它称作《日记》。我的意思是说，我打算写得自然、流畅一点，尽可能地把这些文字如实地记录下来，说不定这些文字还会激起我的兴趣，当然，这是我所迫切期望的。换句话来说，我尽量做到努力避免任何"添枝加叶"，我这里写的是，在这个对我来说日益变得重要的城市里，我曾经有机会认识了若干可爱、甚至可以说楚楚动人的女人。这里我非得声明一句不可，我坚决承认，那些机会让我欣喜若狂。谁不会在听惯了的好话面前沾沾自喜呢？再说，这好话也是说给那几个性情开朗、值得信赖的人听的。就拿我自己来说，自从来到这座城市后，也就是自从我被允许在城市的这头或者那头居住以来，我的心情总的说来还算是相当愉快的。能不能允许我大胆地把这点说出来？我生怕在这里睁着眼睛瞎说一气，或者说的都是些浅薄无知的话，结果反倒让人瞧不起。能不能允许我现在提一句？就在昨天晚上，我有幸结识了一些很有意思的人。

昨天很晚的时候我还在寂静的马路上闲逛，这里得说明一下，那是在深夜，在一条寂静的马路上，与我们这个社会中的青年知识精英，当然只是他们中的其中一位，也就是一位大学生，谈论"精神分析"的意义及其价值等问题。当时夜空是多么爽朗、群星闪烁，无比绚丽！是的，那的确是一种绚丽。对我来说，星空一会儿像是一棵结满了果实的大树，一会儿又像是一件绣织得非常精致的衬衣，或者像一件嵌满珠宝、富丽堂皇的晚礼服。我并不希望我的这些比喻被人唾弃，也就是说，我不希望被人视为用词怪僻，或者被人看成一种诸如此类的东西。我感觉今天的人们"已经没有"，或准确地说暂时"还没有"权利"诗意地"展示自己，表达自己。这大概是因为我把同时代人生活的社会看得太严峻了，就这点来说，我认为我几乎没有错，不然我昨天怎么会看到各界各地的人到处都在失业的消息呢？仅从这点上就能看出一定的经济危机迹象。在我眼里，就业机会不足是一种非常明显的危机，当然了，这种危机总是一直存在的，但是我们今天所面临的失业问题程度之严峻，则是以往所没有过的。

以上便是本人要说的那次与知识精英的谈话和一则报纸消息，我在前面已经提过，有几位女性让我非常倾心，同时，她们也是我公开的"宝贝"。当然，与这些女性的结识也算不得什么特别重要的事情。其实，这些女性我不过就是在什么地方见过一眼，用眼睛轻描淡写地一扫而过，这样就算认识了。因为我得老实承认，本人在某种意义上说从来不喜欢去光顾那种人们所说的上流社会。比如说，在这座城市里，我几乎从来没有被人"邀请"到什么地方去过。如果我在这个地方真的只是个局外人的话，那么我真的该离开这个地方，如果我意识到了这一点，我是不是一直在扮演这么个角色？从这层意义上说，我与周边世界或者说与这里的社会几乎没有任何关系，或者说，我们之间的关系丝毫没有改变。我是一个作家，一些人会在脑子里把我看成"诗人"。而我理所当然地要对这种"深刻印象"表示宽宏大量，同时又做到谦虚谨慎。我自己越来越觉得把我叫做"记者"似乎更加妥帖和确切一些，这大概完全是出于心境的原因，绝对没有任何"等级"和"层次"的意思。

哦，对了，不是有几个人对我感兴趣吗？他们前几天还说我比之前"沉稳"了很多。现在看来可能的确如此。

我常常碰见一个香料商人，也就是说，我几乎天天都能看到他乐呵呵忙进忙出，他有时纯属忙生意，有时看上去似乎只是有事没事地进进出出。我还看到一个有身份的人，可以说他是一个官员、一个有地位的人，每当他遇见我的都极其礼貌地向我问好。

不管怎么说，我现在终于可以讲讲那段"经历"了，我得小心翼翼地讲。它很重要吗？讲完就知道了。

几个星期之前，有些人明显竭力地想让我相信他们所说的，我依旧是文风十分"细腻"，文字仍然写得那么自然、无拘无束。

以上的一大段可以比作某种序言。

我在这里要用文字表述，会是一个爱情故事吗？难道我在这里竟会有坠入爱河的时刻？这样的事情难道真会有人相信？因为我自己，还有其他所有的人都把我看成是那种毫不可爱的、既没有能力激动、也没有能力投入无限激情的人，我既不会对什么东西产生渴望之情，也不会因为什么而欲火中烧，更不会在内心里爱得死去活来的。

新近我在一本书上读到，公元前七百年小亚细亚人就会铸造钱币了。

这些日子我读了不少书，后来有相当长的一段时间，我什么也不读什么也不看。

不过尽管我如此无知，我还是允许自己认为，我这里随着宁静的心境一点一点写出来的东西还是属于精神财富的，最起码，我的思绪是在自己的土地之上盘桓，我的心灵是牢牢立足于双脚的，就这点来说只有我自己才知道。

是那一大堆小册子吗？

首先对我来说，给女人取个名字并非是一件微不足道的事情。它关系到要为我们文章中的"女主人公"取个名字。别的任何作家也许会因此而绞尽脑汁，而我则自豪且幸福地感到，我对此还是有比较绝对的把握的。除此之外，我还觉得，我总是心猿意马、三心二意，比如说，昨天我在讲故事的时候就一不小心走了神，这使我在某种程度上无法集中精力去完成取名字这一任务，但这并不妨碍我告诉你们我曾看到过伯爵夫人的画像。大约两个星期前，我在乡下时曾经翻阅过一本旧杂志，我看见里面有一幅伯爵夫人的画像，我是想说，这位女性给我留下了难以用文字表达的、极其高雅的印象，也就是说，给我留下了一种特别温文尔雅的印象，但同时又有一种奇特的、与众不同的朴素之美。这幅画出自一位画家或者绘画大师之手，而大师本人似乎貌不惊人，骨瘦如柴，身材矮小，毫不起眼，不过他才智超人，好像是那种脾气很好的天才神童，或者小精灵，一个最优秀的、最善于观察细节的艺术大师。此外，对于本人在这里由于偏题而造成的浪费纸张现象，我还请诸位原谅。我还要声明，那个偏题的事（就像刚才说过的）发生在昨天晚上的沙龙里。我当时坐在一群不多不少、活泼可爱女孩子中间，我们在一起谈论着无关紧要的新鲜事、写字间里的日常事务和舞蹈艺术等等。对不起，请允许我在这里加一句，我觉得有一个事实不容忽略，我不是为了工资，也不是为了钱而写作的，而仅仅只是因为写作对我有吸引力，每次都是因为我面前出现的机遇，我面前的事物吸引了我，我是不是能够请求诸位相信我？比如说，我认定写作和生活紧密相关，二者是编织在一起的。依我看来，就是应该这样的，也本来就是这样的。好，就写这么多有关偏题的意义和力量所在，也就是说，我在埋头写作时偏了道。不过，道路是笔直的，还是有拐弯岔道，这并不十分重要。爱尔娜？我们的女主人公就叫这个名字？我现在还不敢对此发表什么意见，也不敢做任何决定，是否要朝这个方向前行。请容许我想想，我大概今天下午或者最迟明天早上可以从这个尴尬的境况里解脱出来，为女主人公想出个名字来。

我希望能够这样。

大约五六年前，我来到了这座城市，这座城市虽然不大，却风景如画，小城景象让人流连忘返。当然，这世上完全有可能还有比我们这儿更漂亮、更豪华的城市，我们这座城市却有它历史悠久、但又生机勃勃、充满朝气的优点，对此我不打算再多费笔墨，因为这不是我文章的目的所在，我是要写故事，而不是写评论文章。什么？问我是否已经有了故事的结构、基础、框架？这点我看还是让我鼓起勇气，让故事去顺其自然吧。如果故事讲到一半讲不下去了，我自然马上会随机应变，换个话题，或者讲些别的什么事情，我从来不让自己在一棵树上吊死，相反，我内心常常那么想，这世界上有许多值得去写的东西：所以我总是平行地描述各种不同的观点、希冀、努力等，不能让它们像双胞胎、三胞胎那样，只是看上去相似，而是让他们像幸福愉快的兄弟姐妹一般各具特点又和谐相处。

也许这时会有人朝我大声呵斥:"你别一高谈阔论起来就无边无际,离题万里。"这个指责完全在理。大概是我在朝自己大声喊叫吧,我自己就是批评家,正在友好地拍拍自己的肩膀,好像在提醒自己注意:喂,你的文章早就应该开头了!在这里,我好像是个临时受雇的小小文书[1],据说因为突如其来地得到了一笔数目可观的遗产,于是放弃了这个在一般人眼里看来很体面,因此也是很好的职位。这笔突如其来的遗产似乎是一份从天而降的礼物落在我身上,要来试试我对好运的承受能力,所以我想,我决计带着享受生活的热情,义无反顾地投身到风雅高尚的文学艺术中去。与此同时,一个良家女子,良家?是的,因为她品行端庄。这个良家女子偷偷地告诉我,有个寡妇家里有一小间房子想要出租,小房间特别适合文学创作,洒进屋里的阳光如金色天使般灵动,让人沉醉在诗乐和遐想中。我觉得这个提议并不让人太倒胃口,于是匆匆赶到那寡妇家里,这桩事倒也不错,也就是说,在我和房东太太的融洽交流中,

---

[1] 瓦尔泽1921年回到伯尔尼后,曾经在伯尔尼档案馆工作过几个月,担任二等图书馆员。因与上司发生矛盾而离职,这次辞职可能与瓦尔泽因兄长赫尔曼·瓦尔泽1919年5月1日去世而获得一笔可观的遗产有关。

租房的事务很快就商定了。

在寡妇家里刚刚落脚几天之后,也就是说,在我刚获得了一些安稳的感觉之后,我就去逛了一家歌舞厅,一走进去,就看见一个清秀靓丽的人正在舞台上表演,这身段和容貌不由得令我欲火中烧。但诸如此类的冲动,我是绝对不会在枯燥无味、谨小慎微的人面前流露出一丝一毫的,那些人我曾经描写过。我只是对这个女人轻声地感叹道:"我究竟是受了惩罚,还是得到了馈赠,是能享荣华之福,还是饱受落魄之苦?她真的只是一个平凡的女子,还是天上飞来的神女?我拼命睁大我本人这双这世界上最没有用、最不值一提的眼睛,死死地盯着她,陷入茫然。"我暗暗地对自己说着这些陶醉的话,好像已身在云里雾里。

话说回来,这靓丽女子在人世上似乎还没有受到过什么惊吓和伤害,恕我先不描写她的服饰和色彩,也不写她的服饰式样、她的脸部表情、身高以及她喜欢让人给她梳理的特殊发型。我只是想告诉她,她在我眼里非常美丽,美丽得无可比拟,无法用言语表达,从这一刻起,我就以您所能想象出的最贪婪的方式盯着她看,这眼神凝聚了我从未体验和感到过的幸福。

我把自己从幸福中拽了出来,我讲述的这个情况让我回忆起,当时在很长一段时间内,我的文学创作在某种程度上举步维艰。甚至可以说,在那段时间里,我的创作灵感几乎丧失殆尽,内心根本没有写作的激情。总的说来,在那段时间里我主要忙于以下几件事:一是跟一个寡妇搭讪,我觉得她非常可爱;二是跟那位寡妇的女佣或者清洁女工套近乎,我特别喜欢她;三是要试着继续我的文学写作,不过写作总是与我作对;四是尽管如此也让文学来表达我内心最优美的情绪。

有几次,我有一点点创作灵感了,对于我来说,这就已经非常奢侈了,我把这些看成是所有好事中最辉煌的。几天前,我又一次满心欢喜地来到咖啡馆,在那里我看见一个年轻英俊的仆人从电梯里走出来,这电梯好像一种很灵便的交通工具。这一刻没有什么特别的意义,但十分美好。我不想沉默不语、一动不动,我想写点什么。但当时我写不了。我写的所有文章都很简单,也不规范,寄出去的稿件总以最诚挚的谢意退回到我手中。也就是说,我当时正在从事的文学创作没有长上翅膀,所以不能展翅高飞,达到那种所谓的"高度"。文学写作的翅膀与丘比特的翅膀可完全是两码事。

很久之后我才掌握了诀窍。也许今天我可以说，我在人们常说的现实生活中学会了慢悠悠地兜圈子，找到了自我。渐渐地，外部世界的百态生活让我内心得以舒展，我在不断地写作中获得了些许幸福和满足。这得益于周遭的变化，是那些我不曾感受到的情感、没有实现的心愿，在某种意义上让我头脑清醒。

我开始从中学习思考，后来我终于幡然醒悟了，其实我只是忘记了根本性的东西，我本来是有能力从事文学写作的。

我刚才允诺诸位要谈谈那本小册子，也就是上面那一段里我说起过的那本书，那里面有个故事，说的是洋房里的壁炉，直到今天，我还真的没有弄明白，我怎么会去读那种东西。

此刻真的让我喘一口气，歇一会儿，我马上就会继续往下写的。

我隐约地感觉到，我在已经写完的和即将要往上写的那些纸上所做的努力，十有八九是要白费劲，这个想法只让我反思自己，我责骂自己。比如说，当我开始胡思乱想，想到我讲述的爱情故事极有可能要落得鸡飞蛋打的结果，我就会在极度的自卑感中瑟瑟发抖。我想，爱情正是我原本要描述的主题，在我的书里绝对不能出现打仗和战壕之类的东西。在战争已经结束的日子里，大家都渴望和平，写打仗会扰乱民心。这样，写战争也并不一定会吸引读者，可能反而会倒读者的胃口。另一方面，风流韵事也会无聊。我深信，这种"危险"在我身上同样也可能存在，现在，我甚至会毫无顾忌地(因为我还从未受过惊吓)继续往下写。不过我要浅浅地，也可能会郑重其事地声明一下，这仅仅是我的观点：小说与写实性报道相比更能够容纳想象和虚构，而写实性报道的效果取决于精确、真实的陈述。我眼下正在努力地写实，我同意写实，但必须、同时也有权利、有能力在写实的同时进行一些"添油加醋"，也就是说，用些枝叶来编织故事，这正是我现在以极大的热情在做的工作。我尝试把那些值得一读的东西尽可能地写进去，正因为如此，我才"思绪万千"，奈何我无法自驭，只好让它陷入到波涛汹涌的浪潮中。我只是希望，那波浪不要把我吞没。假如真的发生那种情况，那是再遗憾不过的了。总的来说，我认为，一个作家或者一个从事文学写作活动的人，若要最保险、最无顾忌地写东西，那么他就要去发现乐趣，并且要尽可能去发现自己独特的乐趣，也就是说，他是带着自己的热情和挚爱去写作，他是在困境的跌宕起伏中写作，尽管这些困难犹如万丈深渊，但它们也会成为诗人和作家眼中一种特殊、罕见的乐趣。

昨天晚上我想到一些事儿，那里面大概会有些有趣的东西。要说到滑稽是怎么一回事，我在这里可以郑重地认为，涉及到正剧和悲剧的意义，我们都可以在二者中发现一些诙谐和滑稽的成分。比如有一次，我在歌剧院里听歌剧，听到莫扎特《唐璜》的最后一幕，我感动得几乎有点忍俊不禁，要笑出声来，这一刻我不想阻止自己诚实地说出这些话来。依我的感觉，我们的生活，或我们生活的世界，一半是悲剧一半是喜剧，它们同样重要，并且喜剧重要程度一点也不比悲剧少。喜剧的那一半与悲剧是同等的。之所以这么说，完全只是因为凭我自己的感觉，这里面有一个基本伦理原则的问题，当然了，很多思考这方面问题的专家一定会持与我不同的看法。

我昨天傍晚散步时路过几幢房子。我在想，日照、空气流通和室内的光亮度对房屋来说似乎是最重要的了，而这些房子却远远隐藏在一道道"防护线"后面，比如荆棘树丛、铁篱笆等，这些东西大概只能挡挡街道上的尘土之类，它们就像房间里那些没用的小摆设那样，只会起到一种储存差空气的作用，它们上面的花纹装饰也恰恰是积灰尘的地方。

写作中的这些小小的插科打诨对我来说好像是休闲的好机会，或者是通往下一个情节的桥梁，而下一个情节我往往到了桥边还没有想出来，我得像桥梁工程师那样，用铺路架桥的办法来渡过难关。我的做法就像一个坏孩子，老是违反道德规范，老是调皮捣蛋？

我们这座城市的特点是四周一大片森林，这些森林又各自向各个方向延伸，其中一个林子昨天晚上特别可爱，显得非常不宁静。林子深处不知有什么东西，闪闪烁烁，非常有趣，一会儿是跳跃的亮光，一会儿是断断续续的灯火，看上去并没什么特别，但是十分有诱惑力，我像往常一样，沿着森林的边缘漫步，突然从熟悉的老路走进一片陌生森林。别着急，在时机合适的时候我也许会讲讲那陌生林子里的事情，不过这个时机我们马上就会有的。有关那个小男孩的故事我现在也不想讲,我只是把他放在心上,现在时机似乎还不成熟,就像我认为现在还不太适合介绍他。不管怎么说,我可以暂时承认一点,他看上去像个富家子弟,但他的脸庞早已从我熟识的人中消失。就像别的许多事情那样,尽管我觉得它们都特别重要,但是这些重要的东西都已经消失了,也许是出于偶然原因,也许是生活所迫,就这样消失了。什么是爱情?爱情是一个特别的世界,你既可以对它不屑一顾、把它看成小事一桩,也可以把它看得比天还高、比地还厚,把它当成生活中最重要的事情。大家都看到了,我完全明白一个道理,任何好事情都有两面性,都有好的和美的一面,所以我请诸位千万不要把我当成浪漫的牧羊少年,也不要把我看成是犬儒主义调侃家,好像我特别喜欢把什么都踹个粉碎似的,我觉得走极端非常不好。读者有没有注意到我的写作特点?我从不让激情的笔触来描绘、雕琢我的文章。事实上,普通人有时需要一腔热血,但是对作家来说,无论怎么看,都喜欢写开朗、热爱生活的一面,这点本来是不言而喻的,这里诸位要允许本作家删去一些多余的话,因为这些话的内容其实是明了的。

看，我是怎么变着法欺骗了爱尔娜，她连丝毫指责我的把柄都没有，她无条件地接受了我赠给她的名字。历史上有一位最伟大的诗人曾经说过，名字无非只是外壳和烟云罢了，如果考虑到与人名相关的一些优点，那么就不要太过于从字面上去理解。我们姑且把那位诗人的名言当成哲学箴言来看。现在我要很唐突地来写一个三十二岁左右的男人，我是星期天上午在啤酒馆外的花园里看到那张苍白、线条柔和的脸的。后来我和他一起在围绕着整座城市的森林里散步，在花园似的林子里，我们找到了一张舒适的长椅坐下，以最融洽的方式谈天说地。我们从各自的话匣子里取出一部分内容，也就是说，我们谈话与歌德有关，我们还"不约而同"地按序谈论了其他没有像歌德那么伟大、但也不容忽视的现代文学家，他们都是些名人，他们的创作过程就证明了他们的功名成就，就值得谈论。在与这位代表着教养和知识的年轻人的谈话过程中，天气非常爽朗，我还记得，那天空气清新，微风徐徐，扇动着我们头顶上的树叶，轻轻地吹拂着我们阔大或者平庸的额头，其实我这样说并不为了开个简单的玩笑，只是为了说明，那些我们所容易接受的东西，其实与我们内心存在、却又因为我们的虚荣而不便直说的东西相关。我希望在这里要强调一点,跟我聊天的那个年轻人非同小可,所以我有点不知所措,有点茫然,也就是说,不,不完全是这样,而是说到有关吉普赛人那里去了,这是提起爱尔娜的那个人说的,说她是他的那个,那些,我的意思就是,那是指我自己。

我常常走出我的居室,也就是走出那间租给我带家具的房间,到别的房间去溜达溜达,这样我至少可以活动活动筋骨,换换脑筋,我希望这样做一定会在某种程度上得到诸位的理解和允许。话说回来,难道从某种意义上说,带着"好奇心",到别人房间去四处窥视,就没有一种突破禁忌的愉悦?尽管大家认为,人不应该好奇,到处打探,而只应有求知欲,不过对我来说,考察和确认各个房间里极不相同的摆设、不同的楼梯间里各不相同的建筑质地,难道不也是一种乐趣吗?几乎每一座房子都有自己独特的地方,都有自己几近完美的色彩和气氛,让人产生各种联想。这座房子的楼梯是石头做的,那座却是木头做的。在这里,我们看到的房间装饰会让人联想到一些小巧玲珑的东西;在那里,我们会觉得似乎走进与大厅和客厅相连的宽敞大房子里。窗子也五花八门、大大小小、各不相同、千方百计地来展现它们的面孔。对我本人来说，我还是喜欢大气的窗户，而鄙视那些看去一片枯寂的窗子。

我在这里表现出对建筑和民居方面的极大兴趣，并斗胆发表有关方面的言论，好像精通建筑似的，几乎俨然成了建筑师。

很快，我就在一位有自知之明的女士家里当房客，就是那个自愿辞职的女护士，不久又住到一个卖蔬菜的女人那里去，之前那家我租的房间是有阳台的，后面那家只是一间朝后院的房间。

在找房子的时候，也就是说在寻找一个既可以从事文学创作、同时又可以赖以寄身的地方的时候，对于我来说（我尽量客气一点表达），首先是考虑四周是否有散步和活动筋骨的环境。比如今天我对自己的健康感到惊讶，而丝毫不去炫耀它，这让我觉得非常优雅。我特别感谢自己，也感谢上帝，但我责怪自己的疏漏，也就是责怪自己有关一个声明而显得可笑的迟疑，我早就想到，肯定要提及那本小书的，这本书里讲的是淘金工厂老板和他的伙计们的故事。我曾经在一年多的时间里养成了一个非常奇怪的、其实也有一点滑稽的习惯，首先是非常投入地阅读和研究这一类小书，我的目的是从中直接引用故事，然后把它变成自己的故事，或者用那些读过的东西来编造自己的故事，也就是说，从别人的书中找出那些自嘲、滑稽、以自我为中心、轻松有趣的东西来。这些东西可以凝练出一种奇特的文学性，而我已经这样做了，对此我肯定需要做出进一步的解释，因为把别人作品里的东西撮出来，挑出来（就像我常常做的那样），把它们变成我文章中最有趣的东西，估计肯定会引起某些争议的。

哦，淘金工厂的老板和他得力的伙计们，我从容不迫地读着这个故事。

总的说来，我想把精力集中放在寄居寡妇家这件事情上，因为她对我十分宽容，我也十分肯定地把这件事看成是保障自己勤奋写作和保持敬业的必要前提。

由于我在这里不是写长篇小说，而是有幸能够像前面所说那样，只是写一部篇幅适当的短篇小说，内容又绝对基于我个人生活，这点在我竭力关注的写作合同上已经写明，因此，我可以幸运地不必为小说的灵感去操什么心，也完全不需要任何"构思"和任何题材，而只需把我所经历过的事情串起来，用一般认为严肃的话把它们表达出来。我的做法是尽量把这些情节安排妥当，让人看了舒服。在我看来，在写自己经历的过程中，让自己受制于某种形式是一种义务，这种形式看上去像是在制约写作，但其实它会带给你很多益处，因此是完全可以接受的。按照我的看法，作家要花力气去写作，就像他坐在沙龙里面，或者站着对所有在场的、友好的、多愁善感的绅士淑女，用某种合适的方式讲述一个故事，而故事本身大可不必太生动有趣。因为道理十分简单，若有谁流露出特别高兴的样子，或者谁控制不住自己了，成为津津乐道的对象，那么他就不是绅士，而几乎只是个小丑了。在沙龙里，你提供的笑话只能引人点头微笑，而不能让人开怀大笑，假如你不想被人看不起，那你就必须在说话的时候注意，你的话要这么去说，好像你在听众面前恰如其分地流露出几分认真和严肃。娱乐艺术于我而言，与讽刺挖苦毫无关系，这点不能有任何更改。当然，要照顾到一点，就是要让每个人都能够心情愉快。原则上我认为，天下的人都应该得到幸福，这在今天也是个普遍的观点，甚至可以说它是放之四海而皆准的真理，我绝对没有跟这个真理对着干的意思。

说点别的吧。寄居在寡妇家里，哦，是我去找她们租房子的，也就是说，在一间别人腾给我住的阁楼亭子间里，我正在写小说[1]，对此，我下面有许多话要说，不过我会说的很精炼的，这点我在这里就想对诸位读者许个诺。

寡妇家里的两个女儿中有一个最聪明活泼，我跟她很谈得来，我喜欢她的禀性，称她为"能干的小姑娘"。假如我在这里厚颜无耻、不加掩饰地说我自己也是个有用的、能干的男人，那也许有一天我会求她，让我成为她百依百顺的丈夫，不过即使那样，两个同样能干的人在一起总是不般配。此外她还伶牙俐齿，仅此一点，我想跟她结为连理的想法便烟消云散了。我其实很想跟姑娘的母亲说："如果您的女儿不那么能干的话，我也许会下决心，把全部身心都奉献给她。"坦率地说，这种谈话绝不会在现实中发生，因为我根本没有把这些话说出来。

1　指瓦尔泽1921年创作的小说《台奥多》，这部小说只有几个章节遗存。此处提到的寡妇家庭和她的几个女儿在瓦尔泽的另一部小说逸稿《强盗》中也有提及。

有关我以前写的书，是我搬进寡妇家之前写的那部手稿（读者现在对寡妇有点熟悉了），而那些手稿我却从来没有想付印出版过，因为那里面有许多错误，有许多与实际不相符的地方。我最主要的过错是在那个篇幅不大的小说里斗胆幻想出一个爱情场面，小说的主人公竟然在一个世俗女子面前下跪来求爱。假如这个场景是我曾经亲身经历过的话，那么这种柔情似水的描述或许还情有可原，但是那个场景的的确确是我所谓的文学虚构，所以可以完全有理由说它是毫无价值的，或者就其文学价值而言，至少是有争议的。

此外，我还在那部手稿中虚构或者幻想出某种钱币，故事中的主人公有一天极其豪爽地把它大把大把地送给一个市井姑娘，有关这点最近就遭到了人家的批判，说这是一种最不能让人接受的胡编乱造。

不过虚构得最堂而皇之的，或者虚构得最漂亮的要算马车了，也可以说，那是皇帝用的御驾马车，在那部小说中，我眼前出现了这种华丽的马车。而现在诸位都看见了，这部小说就是因为不符合实际，遭到了平静友好、但非常严厉的批评或评论。

就在我提及那辆马车的时候，我突兀地插入一个场景：在天气最明媚的时候，一个浪漫的历险者飞速地出现在一位美女面前，他对美女许诺，要成为她的守护神或者诸如此类的角色。假如这个场景的确是在实际生活中发生的，或者是情景必须与真实生活相符，那么，这在我看来，这样诗学的优美和文学技巧也算不得是真实的。对这个突然插入进来的情景我表示深深的、有点迟钝的遗憾，因为所有原先对我非常信任的出版商，都开始拒绝接受我的稿子，他们说我的东西大多是胡编乱造。

有人说在任何一部有价值的文学作品中，主人公不允许与作者画等号，主人公说的话、做的事不能认为就是作者说的话、做的事。这是写作的众多规定中最重要的一条，尽管当时这些教条的矛头似乎直指本人，导致我名誉受损，但我还是衷心地向这些令人注目的教条致以极不情愿的掌声。幸亏，我继承了一笔相当丰厚的遗产，这事我上面曾经提到过，它让我有可能在保证温饱的前提下自我反思。

那个图书商或者说出版商（也就是我当时把一批散文稿件寄给他，请他编成集子出版的那位老兄）把我寄去的稿子统统寄还了给我，另外他还附上了一封傲慢的信函："我尊敬的、但似乎不太努力和负责任的先生：您知道不知道，所有这些我寄回的稿子，都是我亲手打包、亲手捆扎、亲手捧着跑到邮局去邮寄的？请您以我的勤奋为榜样。"

由于今天是星期天，我想就此离开书桌，写到这里算了。

刚才我听到远处传来的教堂钟声，明天我再继续努力吧，回到爱尔娜上面来是我极乐意做的一件事情。

我终于进入了那个我认为是自己的领地，这个领地自然是与翻筋斗、打滚之类的热身分不开的，也就是从虚幻想象进入真实。我觉得在此对自己的庆贺不够多、不够真诚，因为，假如我是个死脑筋，一味地把故事往下讲，比如我以下面的文字开头，那么我大概会陷入极其可笑的境地："大幕升起，一位衣着华贵的妇人昂首挺胸，神情严肃，并且以同样的表情扭动着身躯开始向她的情人走去，那男士在她高傲的眼神下手足无措，惊恐万分，但内心自然又满怀着与情人重逢的喜悦。一片沉寂，直至那妇人以她华丽的胸腔音说：'你竟然还敢再来见我，没看见我对你鄙视和惩罚的眼神？给我滚出去！'"

在我们今天这个处处讲究实际和理智的时代里，假如一个诗人或者作家妄自尊大，胆敢过分地展示他的浪漫，那么将会出现什么情形？我还记得，不久前我给一家杂志社寄去一部手稿，我原来以为我给那家杂志投稿是对他们的恭维，杂志社也会因此而感到荣幸，可那主编大笔一挥，用教训的口气写了几行批语，很快就把我的稿子退了回来，他是这么写的："尊敬的浪漫先生，或者您喜欢怎么称呼自己就怎么称呼：非常遗憾，我对（您）不切时宜的幽默毫无感觉，如果您固执己见，还要继续给我寄您的什么大作的话，那么我恭请您千万注意，在您动笔之前就应该想到：我参与了社会发展，这一发展是不容阻挡的，我要和整个思考着的人类共同前进。"不管怎么说，请诸位允许我在这里补充一点，就文化修养而言，恰恰在我写作上述作品的那些日子里，有两家杂志社或者周报社，试图把我评为他们的荣誉作者，当然，前提是我要努力地按照他们的要求写作，我自然也竭尽全力，不至于过分严肃，但也做到恰如其分的认真，也就是大约在有教养的人中间很普通的那样，我是想说，我没有出格。

顺便提一句，由于我在这里不得不考虑稿酬的问题，所以也许会常常让许多好笑、幽默的材料降格成最无聊的东西。这些天，我想到了以下的故事，我现在冒着犯"错误"的危险，怀着美好的心情把它写出来：

从前有个不太富裕的人，但他似乎很想装作曾经很有钱的样子，因为他觉得挣钱过日子特别辛苦。大概我们大家也都是这样。财富本身肯定是一种非常诱人的东西。好，有一天，天高气爽，让人产生爱意，我们的主人公坐在一家乡村或者是小镇的花园饭馆里，那里本应出现在餐盘边上的昂贵的、闪闪发亮的银汤勺竟然是一把极其简陋的铝汤勺。他迅速地发现了这个严重的问题，几乎惊愕得脸色苍白。那店家之所以给他这么一把汤勺，大概是因为他看上去并不太像有钱人，似乎更像穷鬼。这时，我们的主人公拍案而起，神情里充满了诧异和愤怒，他向店主提出抗议："难道您就凭我的外表来评判我究竟是什么人？还是我有什么地方不如别人？"他激动地责问店主。"请您千万不要激动，您可能很富有，也可能很穷，这点随你心意表达，至于在您十分看重的盘子旁边放了一把简陋的勺子,这纯属是一种基于事实的偶然事件,请您万万不要把这件事情看成一出悲剧,我的老天爷,您可真敏感!很明显,'名誉'二字对于您来说比任何天大的事都要重要,不过名誉在现实生活中好像不是极其重要的东西,也不是首要的东西,所以我劝您最好还是不要这么吹毛求疵。"在这种友好的、充满人情的启蒙教育下,我们的主人公平息了怒气,慢慢地平静下来了,再说这道汤除了有一点浮出的异物外,大致也算汤的味道,值得注意的是,他脸上的愤怒也逐渐地,以一种自己认为适当的速度,一点一点地减弱,但仍不失其戏剧性,就是在这种状况下,他慢慢地把自己的肚子填饱了。

比如说,现在人们几乎没有回信的时间,尽管这些信原本很值得一回,我认为不回信是一种很好的灵活处世方式,我眼下就处在这么一种状况中,嘴边老是要说诸如此类的话:"抱歉通知您,因为我众多的职责不允许我来接待您,所以我恭请您千万要有耐心。"

在这里我想起一件事:有一次,好像是很久以前,我跟一位先生坐在一起,就在我刚要开口的时候，他大声地对大家说道："他现在要说话了。"就好像我要讲大道理，要追名逐利或者要证实一些谣言，要欢呼雀跃了。而我在当时的情形下，连想都不会想那么去做。我十分清楚地记得，他这种对人的偏颇和固执是怎样把我当时的好心情搞得一团糟的。好心情是一种非常脆弱的东西，很容易一碰就坏，对大家来说都一样。再说，你不能期望每个人时时刻刻都有好心情。当时那位先生把我看成那种喜欢散布小道消息的人了，我严厉地斥责他。很遗憾，在那种情形下只能这样。如果我们被惹恼，心情就会很糟糕，这是我们控制不了的，这是自然而然的。好心情的前提是一种很认真的东西，在它里面可以产生出高兴的东西出来。另一方面，严肃和认真是生活乐趣赖以生存的肥沃土壤。

可怜的爱尔娜，她不得不等我那么久，才能等到我终于回到她身边来。这个爱尔娜常常可以在聚会上见到，那是她的女友举办的聚会，有几次我看到爱尔娜的女友在聚会上花枝招展，当然，她是为了我才这样打扮的。我在马路上，或者在沙龙里面跟她们俩碰面，她俩给人的印象很老派，两人像姐妹似的总是在一起，形影不离，别人也没有理由不这么去想，对于我来说，这点毫无疑问非常吸引人，因为假如我对谁有了一点好感，那么我会喜欢她的一切，喜欢她的各种习惯及伴随她们的所有，这些应该是可以理解的。

我现在是否来谈谈我的诗歌？那些是我很早以前写下的，那时我几乎还是个孩子。这些诗歌今后也许有幸会被人以非常奢华的方式印刷出来，现在想起来了说说，好让爱尔娜对我产生一些崇敬的心理。这是多么轻率的举动！

另一方面，一种责任感轻轻地向我袭来，"第二位"逐渐走到台前，那就是我喜欢上爱尔娜后不久又爱上的另一个女人。

这里顺便要提一句，今天，也就是说此时此刻，我正在给一个研究世界上最重要问题的、似乎要青云直上、或者说表现出最认真地与自我进行搏斗的一个知识分子写信。

不过我首先要讲讲有关诗歌的事情。也许我根本就不应该把那些诗寄给她？但事实上还是寄了。由于我在这里主要讲的是与我有关的事情，所以要交代清楚事情的来龙去脉，这在我内心产生了一种责任感，我会讲述一切，不管是我愿意说的，还是不愿意说的。

我们再回到莫扎特的《唐璜》上来，我上面已经提到过一笔，所以现在想起它来毫不费劲。不管怎么说，唐璜这个人物是有一定功绩、值得花费一些笔墨的，他身上有些东西值得思考。说来唐璜是个反面人物，与唐璜相比，许多人会突然觉得自己是如此善良，并且会因为发现了这一点而大为惊讶，或者，只要唐璜一出场，他们就会以他为警世。此外，唐璜这个人物也永远是艺术家们辛苦劳作的对象，比如许多诗人、画家、作曲家都以极大的热情来表现、隐喻这个形象。在我看来，弘扬道德的事实不应当视而不见，而是要被看到，因为人的全面发展在很大程度上需要这种意识。

但愿坏的没有坏到极端，好的也不要好得过分。

假如我对自己说，昨天晚上我觉得我手头正在写的这个故事方向错了，这个念头折磨得我很痛苦，但今天早上起来我又觉得无所谓了，这时，我好像完全不能抵御那种冷血动物般的、沉着、幸灾乐祸的微笑。不过，我认为完全有可能，是我的信念欺骗了我，这种情况对每个有信念的人来说随时都有可能发生，但是信仰和坚定的信念正因为如此才更加具有价值，更值得紧紧地把握住，信仰和信念的根基是软弱和动摇。我对自己说："我不相信我自己，但是我有信仰。"这样，散步就会将我带进一个领域，这中间发生的事情必定会是我的经历，这个领域以疑虑和神秘的眼神盯着我，眼神里面隐藏着将要遇到的事情，我也用同样的眼神盯着它。仅仅出于这样的原因，我似乎已经把调节好自己的情绪看成是一种"责任"。假如说，我前面写的都是在努力地探讨理论，那么我是完全有意识地这么做的，也就是说，我要给自己打个基础，给自己定做个画框，这样我就可以把我尽情想象的图像画进那画框里。有关那堆大道理，则要看是它真的有意思呢，还是让人昏昏欲睡，有趣的道理绝不会让人感到无聊。理论完全是一个独立自在的"世界"，这个世界要求别人对它的描写是实际的，换句话说，理论从根本上说与实际没有区别。实际是一种真实，理论是真实的兄弟或者姐妹。我期望，我这些开诚布公的解释能使耐心超乎寻常的读者满意？另外我还要加上一句话，我认为有些时候，理论会非常不合时宜，假如理论像学生要逃的课，那样就糟糕透了，理论不能让人见了就逃，我的意思是，理论不能单靠吓唬人，它应该是什么就是什么，只要理论诚实听话，它就会有立足之地。我绝对没有任何虚构和瞎编的意图，比如说，我绝没有想要把本故事的主人公，也就是我本人，塑造成超出我想象的东西。我也没有出于可读性和品位的原因，要改变时间和地点，把自己打扮成高雅的绅士什么的。不过，在我看来，这与真实性理论并不矛盾，这样，我就可以开始再次壮着胆子，走进神圣的理论大殿去散散步，来谈谈对女人的想法。这些想法当然是常见的，也是能够被大家所接受的，认识这些女人很有用，也很美好，不过在详细地了解她们不同的个性之后，去帮助她们，为她们效力，同样也是很有益处的，有时甚至是更为美好的事情，为她们服务的时候要勤勤恳恳，说话不能触及与她们的外表一样脆弱的心灵，而是要含蓄，点到即止，使她们在各种情形之下都有台阶可下。这肯定是要花费精力的，要做很多启蒙工作，这点不仅仅只是对女人而言，而对整个人类都适用，无论人类有多么伟大，多么能干，这点都无疑是正确的。

那段有关我诗作的文字，我希望有机会读到它们的人都有一颗友善之心，并获得愉悦，而我自己则事先就对接踵而来、恰如其分的批评感到由衷的喜悦。幸运的是，我默默地掌握了艺术的创作技巧，所以我能够更加欢快地在这里讲故事，或者说把故事奉献给诸位。今天早上我在空想，音阶的作用是如此之大，首先，它可以成为整只乐曲的基调，用这个基调写的乐曲可以温柔地抚慰人们受伤的心灵，可以让人将垂头丧气的脑袋重新抬起来，能化悲痛为欢乐和力量，抹去内心的伤悲。其次，值得注意的是，在家里或在大多数情况下父母把教育子女作为一种私人乐趣，他们喜欢让孩子天真地玩耍。不过另一方面，我这样想，谁会有这么大的胆子，走进别人家里，去教别的家长们放弃他们认为是天经地义的教育方式呢？尽管这些方式也许是世界上最好的教育方式，但它们还是有错误的可能。我是想说，即便家庭喜悦往往有碍于子女的教育，但家庭和谐、子孙满堂、天伦之乐仍然是必不可少的。我的观点是，教育不能太过分，它就像一把音质优美的小提琴，琴弦不能绷得太紧了。只有这样，在用它演奏时才会发出优美的声音。在我看来，特别重要的东西，就尽量少去管它。

现在，你出来吧! 我老同学中最好的猎物。你大概以为偷偷摸摸就可以不引起我的注意? 你太不了解我了!

我早就撒下网，在这里等候他了，这是我文学创作中的一条大鱼，现在，这家伙正好落在我的手中。说来他是我毕业前班里的同学。哦，这家伙是那么滑稽! 我非常荣幸能给他勾勒一幅肖像。首先是这样的: 这个人特别想成为伟人，成为举足轻重的人物，他想比现实生活中的自己更出色、更伟大。他之所以那么想成为伟人，是因为他太不了解有关真实的理论了，或者说，他对有关真实的理论几乎一无所知。我们甚至可以说，他有点滑稽可笑、装腔作势，他的吹嘘有点过于天真，用描述性格的语言来说就是盲目自大。对，对，他喜欢吹牛，换句话说，这个家伙自负得要命。比如，有一天晚上，一个漂亮的英格兰女郎跟他调情，问他什么地方可以让她过夜，为此，他极其巧妙地向她暗示了自己的床笫之欢，这事在那家伙眼里等于是一个巨大的成就。从此以后，他就以为自己是个英国通了。真是过分! 等一等，我还没完呢! 一次偶然，这家伙也对房东吹牛。他对此格外自豪。他自顾自地带着自己的想法走来走去，让人看到他都想靠近。他的自负让我非常吃惊，尽管如此，他却有超乎善良的善良，能恰如其分地展示他的和善。我写下这些短句子，以表示我对这位描写对象的友善，以后我就尽可能地写极长的句子了。自从这家伙殷勤急切地对一位小姐说了下面那句话之后，他就似乎变得像一个神圣不可侵犯的完人了："您是否愿意跟我就共同生活先尝试一下？"当然，我是在这里"尝试"对他进行彻底无情的批评，不过我是考虑要照顾他最敏感的地方，也就是说，我在这里没有一丝一毫的必要，征求他是否同意我对他的描写。我给他画像的权利显然已经在最完美的真实世界得到了解释。

"你对我有怨恨。"大概十二年前，不，没有那么久远，大概八年前的某一个上午，他似乎这么跟我说过。

这小子竟敢这么跟我说话，显然是一种蛮横无理。为了惩罚他的狂妄，我写下这些刻薄的文字，我觉得这些描写会流传于世的，因为我有一种感觉，这是出自我笔下最尖锐的东西之一。他好像在做白日梦，他有许多仆人，我知道这些，所以在这里我对上面已经写过的做一个补充。有一次，他在佛罗伦萨买了一尊雕塑，对了，他从来不会忘记他坚信曾经真的在那里短暂逗留过。买雕塑这件事本身并不能证明他对艺术有一丝一毫的感觉，或者证明他是艺术家。"这家伙真可怜"，我也许真的会情不自禁地这么去想，但是一个狮子般洪亮的声音在我耳边响起："不要怜悯他！"现在这家伙看上去显得十分疲惫了，瞧，我是怎样像恶魔似的观察着他。他老婆没有他那么好看，这个恶棍，我之所以这样描述他，那是因为他故意娶了一个不引人注目的老婆，这样他就不会有妒嫉心了。对于妒嫉心，他似乎早就明智地把它看穿了，这妒嫉心只会毁了他珍贵的身心健康。尽管他常常流露出一种"天下事无所不知"的样子，但他不会想到，妒嫉心也是衡量胆量和勇敢的标尺，我在这里给他竖一块流芳百世的纪念碑。

事情是这样的，他曾经跟我在同一个班里上过学，现在他之所以对我极其愤怒，是因为我给了他一种感觉，他没有因他的成就而让我对他产生敬佩。他对我这个老同学感到气愤，因为在他看来我一事无成，还安于现状。这更使他怒火中烧，因为他已经忍无可忍了。他对我的文学创作不以为意，在欣赏的同时，他常常会流露出一种可笑的、嘲讽的神情。也许，他并没有因此而聪明多少，这家伙没有一次明白过，我这样说是真的还是假的。他的确不知道，我是真诚还是在调侃，当然，在这样的情况下他既不能显示他的智力，也不能透露他的气质。

"你应该把你的文学写得通俗一点，那样我就能够容易看懂一些，我亲爱的。"他在我面前竟然如此放肆地说话。这自然可笑极了，我对他的请求嗤之以鼻，绝不会有片刻犹豫。

"我起码做出了一点事，可你还一事无成，我每次见到你的时候，总看到你在马路上闲逛。"他总是习惯性地用这样的语言和语气跟我说话，可以说，这是手捧鲜花对我发出的侮辱，同时，这本身又带有最大同情心的鄙视。

"由于你有点儿成功，所以你尽可以心安理得了，去为你的成功高兴吧！"我这样回答他。我认为我必须温柔大度地对待他，但他对我则完全不屑一顾，这不，直至今天他仍然用极其轻蔑的方式对我极度褒扬，包括吹捧我，往我脸上贴金。

很明显，这家伙的大脑也许发育得并不那么健全，所以他对要贬低的人的轻蔑常常以拍马屁的形式表现出来。因为我一事无成，所以他特别害怕我。这个大傻瓜！多么外强中干！他是一个虚伪的人，而我绝不是那种人。他不再奋斗了，因为他不需要奋斗了。可我还需要奋斗，幸亏是这样，因为我还没有拥有美好、可爱的东西，所以我很羡慕他。他一定发现我见到他的时候常常是笑眯眯的，可我从来不会大笑，而是做出一张笑脸给他看，我是怕他不能接受我真正的表情。好了，不要再为他浪费笔墨了，该回到文学上来了！我命令自己必须这么去做，就好像我是自己命令自己的军官，要强迫自己做紧急的事，强迫自己服从自己。这很不容易，我清楚地明白这一点，我这样描写我的同学简直是在犯罪。不过话说回来，谁让他有自己的花园洋房，而我没有？就凭这一点，大家也会原谅我对他的讽刺和不满。我自己认为，我对他的评论并不过分。至于他会不会对此发表些什么言论，这在我看来不用去问这里已经跟我一起见证过他德行的那些人了。尽管如此，人们尽可以把我看成一个十恶不赦的坏蛋。不过，这里还得飞快地提一句有关那些一事无成的公民(比如诗人等)所碰到的纳税问题。

在税务官的正式书面邀请下，我如约来到了他的办公室，要和他谈谈我的纳税问题。税务官试图极力用他事先写好的鉴定来安慰我，他的意见是，在他看来我是个从事文学创作的人，而我的文学是如此脆弱，如此需要呵护，就像个孤独无助的女佣人似的。我回答道："我对您关注文学的细腻眼光表示由衷的感谢，您对于文学的鉴赏力自然给我带来一阵清新。文学的确早就变成了一种消费服务性的东西了，像女佣人似的一家一家地转，事实上，文学也的的确确是某种女性化的东西，不能作为男性化的东西来感受、接受和欣赏。"

这次谈话的结果是，无论是执行税务的官员，还是纳税或者说抗拒纳税的诗人，在具体纳税问题上达成了一致。

哦！我的渴望是如此的强烈！那是一种什么渴望呢？假如有人要来提这样的问题，那么可能真的会发生最尴尬的局面，我对回答这种问题的要求真的会极其窘迫。心灵是一个谜，是一个充满矛盾的统一体。我想在这里开始发牢骚？不！我才不呢。就好像这样做才是一个称职的文学家。不过我必须得承认，我昨天整整一宿没有合眼，大概正是这心灵害得我多愁善感。我真的多愁善感？难道我真的可能把这种东西当真？我今天早晨几乎压抑不住内心的冲动，想要大声疾呼："心灵，你这个该死的东西！讨厌的枷锁、束缚我的锁链，我在实际地反映真实的时候，你总是在一边碍手碍脚。"不过，我自然还是跟往常一样，出于对某种让人诅咒和厌恶的礼节的尊重，把怒气强压了下去。我好像很明白事理似的，让自己变成了一个彬彬有礼的沙龙绅士。难道我在那个小小沙龙里面的踌躇满志，被那些矫揉造作的礼节团团围住的时候，我就当真成了大人物了？而真实情况是，首先我内心有一种要想革命的渴望，忍不住愤愤然地想要去造反。瞧，那沙龙又在洋洋得意地显示它的傲慢了！假如我真的能把这优雅精致的沙龙砸它个稀巴烂，哦！我的老天爷，可千万不能那样，从方方面面来看不都太可惜了？顺便说一句，我有一种极其狂妄的想法，对不起，我请求诸位原谅我会这么想，我觉得好像那些女士们特别地鄙视我。不过别人怎么看我、脑子里怎么想我的，对我并没什么太大的关系，想错了、想对了都无关紧要，随它去吧。别人是把我当成好人来善待，还是当坏人来鄙视，这对我来说似乎都完全无所谓。这一点今天早上也许真的得到了证实，无论别人把我看成个奴颜婢膝的小人，还是把我当成超然物外的君子，我都不会当真。哦！幸亏我终于想到了，我非常愉快、同时也略感痛楚地想到某一事实的存在，也就是在（描写）真实的时候，会同时出现的两种各不相同的特殊情况，对此我上面已经作了详尽的描述。您想问我是否还有兴趣来继续讨论本人眼下正在探讨的论题？我只有随时准备用一个坚定不移、威武不屈的"是"字来回答这个问题，尽管我对这一问题似乎还持有各种各样的质疑。我已经开了头，开了头的东西是一定要继续下去的，这叫善始善终，对我来说，善始善终简直就是上帝的教诲，是钢铁般的、坚如磐石的、高贵的准则，它就像是上帝亲口给我立下的规矩一样。也就是说，现在已经无法回头了，对于我来说，眼前只有唯一的一条路，那就是服从命令，不折不扣地遵循命令，按照既定的计划一直往前走。出于爱与虔诚，在这个宝贵的时刻，我又多么愿意热情洋溢地再讲述一个什么故事，那也许是个非常简单、但又十分有趣的故事。不过，我仔细想了想，也许我已经写了很多、发表了很多，我猜想我的一世英名假如说不是全部，大概也被毁得所剩无几了。前些天我对人说，那个人从各方面来看大概都算得上是我的朋友，我对他说，也许可以得出一个结论，我很有必要像那愣头国王亨利四世那样，带着后悔和崇敬，前往那座瞥着眼、朝我冷笑的"卡诺萨"城堡去负荆请罪[1]，最起码要虔诚地前去朝拜。我的谈话对象很严肃地听着，深沉得一言不发，我用"卡诺萨"城堡的开头显然也有些打动了他，但他对此居然也保持缄默。我这里提到的说话对象是一个年轻的知识分子，这个人在我的"经历"中并不是一个无足轻重的人物。就像我现在描述的那样，年轻聪明的人显然会对我不屑一顾，但又不敢太小看了我，从某种程度上说，他们（就在说这话的那同一口气中）爱我，但同时又把我看成一条害人的毛毛虫。我把这点写出来，觉得这是我的神圣职责，因为经本人提醒或者点明的那些道理绝对不是什么偶然的东西，我不受情绪的左右，那些对我来说恰恰是有关真实的东西，而且非常典型。现在，所谓的新世界只让我稍稍地亲身领略了一点，对此我理所当然要竭尽全力来表示我最热烈的谢意。比如说昨天晚上，一些正在茁壮成长的年轻知识分子坚定地确认，我的头发长得蓬乱无比，大有革命领袖的嫌疑。曾经有个医生

---

[1] 此典故出于1077年德国国王亨利四世为解决政教冲突而采取妥协方针，徒步三天前往位于北意大利的卡诺萨城堡，向教皇格里高尔七世负荆请罪的历史事件。

跟随拿破仑去过埃及，我曾在老家一个有身份的绅士家里，看见过他那张需要在灯光下才能观赏的肖像。我提到这张肖像是因为我被迫提及上面说到的话题，即我的头发疏于梳理、乱蓬蓬的，而这发型正像那位医生的。看来，拿破仑时期我这样的发型是时髦。而今天，我这样的头发却成了让人尴尬的失礼行为。与此相反，现在梳理得最毕恭毕敬、最油光铮亮的分头才是时髦。如果说我们正处在一个追求和谐的时代，那么这个想法似乎不太错：平滑、拍马、奉承、温柔、听话、有用、殷勤，似乎是我们当前这个社会的最高境界。而我则是这个社会里最后一个愿意采取行动的人，可以说，真正有教养的人，是个敢于对权力机构、敢于对真正的文明人说"不"的人。这个"不"字渐渐地变大，我几乎要为之欢呼雀跃，也就是说，无论如何我都要欢快地庆贺。因为我觉得现在到了大家共同努力的时候了，让自己变得好一些，让内心、也许还有外貌变得更美好一些，对生活能够有另一种理解，学会比现在理解得更细腻一些。

我曾经说过要让大家知道我把诗集寄给爱尔娜，我现在得临时来兑现我的允诺。这样吧，我从信的

开头写吧,这是我在寡妇家里的小房间里写的:

我极其尊贵、无限仰慕的小姐:

  我先写这些:哦!您是那么年轻漂亮!您活泼可爱,对我来说,您那令人崇拜的灵魂意味着我内心深处得到了感动。您之所以让我如此感动,是因为我深深地爱着您,我之所以爱您,那是因为我完全不明白,为什么我一定要爱您。但是,因为这是一个事实,我谨将我在莱比锡印刷厂和图书装订厂印刷装订出版的诗篇奉献给您。这同时也是一个象征,说明一个人若是沉浸在爱河之中,也许是他最大的幸福,我不仅仅外表上看上去如此,而且确确实实是落入了爱河,就如同我此刻的状况一样。当这些诗行纳入您那无比妩媚的眼帘时,它们溢起爱的欢快,您那对大大的眸子宛如来自大海深处的珍珠,也许除了用诗来形容外,没有别的语言可以正确地表达。我的手,就是这只正在给您写信的手,此刻在颤抖,就像诗人的手一样在颤抖。不管怎么说,我对您的爱是无法描述的。不过为了介绍我自己,请允许我向您讲述,自从我第一次见到您之后,我就再也无法摆脱您美丽的束缚，以至于我认为您美到无与伦比。尽管您在现实中并非最漂亮的。您的美竟然使我失魂落魄，导致我有一天深夜回家的时候，在大门口突然面临一个无法挽回的事实，我的大门钥匙竟然遗忘在楼上房间里的写字台上，就在极其窘迫的悲剧出现的那一刻，一位住在同一栋楼里的年轻人，也就是那位家境殷实的少爷，向大门口走来。正像您现在所猜到的那样，这位少爷身上带着，那把大门钥匙，这样，他改变了大门紧闭的状况。

"我是否有幸跟随您一起进门？"我用一种感人的客气口吻向他提出请求。

"那起码请允许我提一个问题，您就是那个写诗的？"我点点头，这问题在我看来没什么不合适。于是我跟随他进了大门，并自然而然地对这位年轻人的光明磊落，或更恰当地说，对他在月夜中对我流露出坦诚表示感激。

哦，我的小姐，现在我在您眼里肯定显露出不少小资情调，但如果您肯原谅我的话，我还想对您讲述一些其他的事,那就是有一天下午,大概是吃晚饭的时间,我跟一个完全可以说是有身份的先生坐在一起聊天,我们很熟。当时,我突然用一种他完全预料不到的方式向他提了一个问题,我问他相不相信我会有什么仇人。我那时有"相当长的一段时间"心里总是萦绕着一种特别的感觉,好像我的存在让一些人感到很不舒服,不知什么地方,总之是有一些让人感到不快的东西。他飞速地看了我一眼,那眼神里似乎有许多话,又好像是一片空白,他回答道:"您的猜疑似乎有点道理,但是可以肯定,我亲爱的朋友,您也拥有许多朋友,也许您可以证实,在数量上您的朋友几乎和与您作对的那些人,或那群人相等。那么您为什么想这些不愉快的事情呢?为什么不谈谈别人喜欢您的印象呢?那些令人不快的东西对我也一样,无非是一些不值一提的小事儿。这些东西难道对您有什么特别重要的意义?"在这个提示的基础上,我自然马上看到自己开了窍,想法扭转回来,我这里是想说明,我好像顿时明白过来了,开始转过话题说别的事了,也就是开始说些不那么针对人的东西了。几乎每个人都有朋友和敌人,他们给生活带来酸甜苦辣,因为酸中带甜、美中不足是再正常不过的。

另外，我感到很惊奇，我怎么会恰恰对您这么一个年轻的女子写得这么认真。您为什么非得盯着我写信，几乎是在监视我了，我本来并没有理由给您这个权力，不过大家不是都喜欢对年轻人推心置腹吗？又有谁会对老妇人这么做呢？这里我得对您开诚布公，我寄居在一个小寡妇的家里，很显然，她过去曾经不得不与一个无法忍受的丈夫一起过日子，而她现在，正如别人说的那样，对我产生了某些兴趣，我则常常在厨房里跟她眉来眼去，打情骂俏。她常常待在厨房里，正因为这样，我们常常在厨房里聊天，而不是在她那套房子里的其他地方。当我们在一起聊天的时候，她经常是坐着的，我则通常站着，出现这种情况大概是因为一般厨房里面椅子不多。此外，这个厨房对于一个柔弱的女子来说相对阴冷和潮湿。顺便提一句，不知哪一次，寡妇的女佣人对我说过，我是个最有灵气的小伙子。我试图把这句话理解成对我的高度评价：本人既愚笨，但显然又相当聪明。不过现在，我的小姐，我觉得到了向您敞开心扉的关键时刻。我满脑子的想法都在说明一个意思，大多数与我同时代的人都持有一个观点，我是个平凡的人，因为我在这里其实并没有给您献上高贵的文学，而只是用最枯燥的报告体在写一封诸如商务或者联谊会成员之类的信函，不是这样吗？从前，也就是说几年前，一个非常狡黠、又非常聪明的姑娘不经意地在我极其敏感的大耳朵旁轻轻地说过一句话，这句话对我却如雷贯耳，她说她充满了一个坚定的信念，那就是我写出来的东西远比我的生活热烈得多，我在写字台前远比日常生活中的我有活力。她说这些的用意也许是要以此来隐喻她在我身上察觉到的什么"特殊的东西"，也就是说她想说明，那些看上去并不真实的东西，实际上对我来说内容更丰富、更真实。也许这姑娘对我说的这番话并不是有意针对我的，而只是就诗人和想象力丰富的作家的泛泛而谈，所以她就随口把这些话说给我听了。哦，小姐，一旦您知道我胆敢当诗人，您将无法抑制心中的怒火，因为当了诗人，就意味着我成了比任何可以想象的无价值的东西和破家具更加没价值、更加没有用的东西。对此，我向您深深地鞠躬，并且怀着一颗无限的爱心，当然，礼帽我已经脱下来拿在手上了，不过，要我给您脱礼帽一定要有个前提，那就是我必须得拥有这么一顶礼帽。在思念您的同时，我越来越喜欢那间阁楼，它让我无时无刻地想起帝制时代。我那寡妇房东或主妇是一家女士礼帽店的店主,或者说,是一家女帽沙龙的主人,这家商店势必使她终日忙忙碌碌。我已经毛遂自荐过了,愿意去店里给她打工当助手,这样我可以给她匀点时间出来,可以让她养养神、写写信或者去逛逛街。但是她对我的奋不顾身竟然没有表示任何意愿。也许,她不愿表态是因为她属于那种所谓非常胆小腼腆的女人,她的胆小腼腆一定是她的生活经历造成的。看来,她在生活中无法避免地遭遇过一些个不幸和悲哀。现在我可以向您保证,正是因为她的胆小腼腆,才使她的面容看上去格外友善和舒服。有过好几次,她看到我衣着整齐地从楼梯间匆匆拾级而下,也许她心里在暗暗地猜测,是不是我故意要"引起他人的注意",要去什么地方"抛头露面",所以她认为我大概是人们常说的那种"体面人物"。您的经验一定告诉您去了解什么叫"沙龙里的体面人物"。不过您要是同意,在这里我得好好谈谈,并且马上谈谈我究竟是个怎么样的人,我是怎样说话、我的行为举止是怎样的、我常常谈论一些什么话题、我是怎样表述我的观点的等等。其实,这些问题我本来并不想透露给您,它们一般马上会引起人们的好奇心。有一点我十分清楚,我在大家眼里内向、沉默、太不善辞令了，早在我少年时代就有人这么说我了，我实在弄不明白，为什么总是有人要求我违背自我，要我油嘴滑舌，而我天生就是这样不善言辞。您看，我是多么冒昧，让您那双妩媚的眼睛无端经受这么大的辛劳，在我看来，您的双眼本当接受我的祈祷，而现在，我却写了这么长的一封信让您遭受折磨，说句实话，我其实根本没有想到我会写这么长的信。

请您再劳神听我继续说下去，我以前写过一些书，或者说是创作过一些书，我在书中把自己乔装打扮起来，或者让自己戴上假面具，这样，那些不自然、不准确的东西就会看作是"真实的"。也就是说，作家会在每部小说的主人公身上真实地反映一些东西，但有时，他编造得太多了。现实世界中本就有人谦逊美好、有人碌碌无为，但作家笔下的人物要比现实美好、重要得多。这样的特点，有时会说成是粗制滥造的、不切实际的创作；这样的创作从更严格、更精确的意义上说不能让人信服；这样过分美化的描述，尤其是自我吹嘘、往自己脸上贴金的文字，渐渐会让许多读者对我产生厌恶之情。请允许我在此万分真诚地向您承认这些,我的小姐,不过,我还是或多或少地说明了造成这种事实的原委,也就是说,假如不超过某种界限的话,我还是极有道理的。

但是不管怎么说,我现在正爱慕着您,您对此有何感想?我对您的反应会非常好奇,又十分紧张。此外,有一位名人曾经打听过我以及我的文学创作情况,在我看来,他问得有点像一个商人关心销售业绩,又有点像一艘商船的船长。我像是驾驶着一艘商船,在茫茫的大海上漂泊,脑子里充满了胡思乱想,至少从某些角度看是这样。然而,由于我心中产生了最甜蜜、因此也是最真实的羞涩,也就是说,由于心生对您的爱慕,我才发现自己又重新回到了陆地上,深深扎根在故土之中。哦,您看我是多么高兴!我们肯定马上、立刻,几乎毫无疑问能在今天重逢了。好了,我在这里可不能向您流露更多的了。

我写的所有这一切,包括写到目前为止,那些还没有让我感到脚下发虚、瑟瑟发抖的东西,难道它们都不算是"真实"吗?我明确察觉到我在情不自禁地对自己发问:"我现在究竟多大岁数了?"我特别想感受内心的纷乱,在心潮的起伏中,我没准会喊出一个真诚、充满责任的声音:"啊,朋友!"或者"哦,我的女朋友!我为什么还那么年轻、幼稚?我为什么不能满脸沧桑、沉着稳重地出来说话?我为什么直到今天还不愿意或者不能接受任何柔情蜜意?"或者,"为什么这些东西在我身上还没有成为现实?"今天,我几乎祈望得到某种东西,这东西早就该来了,好把我内心砸成两半,那是一种坚定不移、骄傲、放任不羁、轻快大胆的东西,一种对我来说完全一无所用的东西,一种多余的、奢侈的、同时也堆积如山的东西,尽管反过来说,我对上述这些还尚存我心中的东西感到十分高兴。我又去看跳舞了,要说得高雅一些,也就是说得准确一些,就是我又去小剧院了,当然是去散散心。对此我对自己提了个严肃的问题:"你啊你,究竟什么时候你才能够做到不再去寻欢作乐?"不过,无论怎么说,现在,就在目前心灵非常敏感的瞬间,即在这早晨的时刻,我觉得把头依偎在某个心爱的人身上就非常不错,比如说依偎在某个有耐心的女人的脖子上,向她真诚地倾诉衷肠,我的意思不是向她诉苦或埋怨什么,不,绝对不会的,我只是跟她无端地伤感一番。此外我还要强调一句，再说这种情绪现在早已烟消云散了，我的意思是，那只是某种愿望，而这个愿望此刻也不复存在了，它就像饭菜那样，全部下了肚，吃完了。一些愿望和爱好既是高贵的主子，又是卑贱的奴仆，既发号施令又卑躬屈膝，或者他们在同一秒钟里既是张开的大嘴，又是送往这张嘴里的菜肴。他们的这种特点，甚至可以说，他们既是父亲又是儿子，既是母亲又是女儿。无论如何，别人觉得我还算听话，因此要来看看我做了些什么，而这些天来，我却要在继续从事的这个事业上受到了阻碍，那是因为我允许了几件日常琐事来打搅我，比如说给这个人或者那个人写信。有时候我几乎觉得自己像逃避职责的那种人，我像回了头的浪子似的，回到了这里正在书写的章节，写这本"自叙体小说"可是我答应下来的事。在那几天荒废事业的日子里，我在自我惆怅和犹犹豫豫的心境下徒步穿过了一片棕色的森林，想象中的大树在我头顶高耸，直入云霄。难道不能说每一棵大树都是一首诗吗？假如可以这样来比喻，那么，整片森林不就是一本诗集吗？我花了整整两天时间在林间漫游，我真后悔当时给爱尔娜写了那封信，不应该把那封信公开，我认为把它公之于众是一个错误，所以我在令人伤感的森林里面乱转，就好像我自己在追捕我自己，就好像我既是猎人又是猎物。幸亏我觉得那封信并没有太大的出格，这封信写得基本上还是得体的，也有足够的理由让人来肯定它。难道读和写这封信的时候，不正好说明它的枯燥无味吗？此外，这封信绝不是要如照片一般展现现实。相反，它的真实，其实大部分也许反映在美妙的想象中。我的意思是说，是对真实的一种完善，在这里或者那里对自我的对话，是自由的想象，这种情况不时会发生。换句话说，我们的想象与我们在周围所看到的同样真实。情感的真实并不比理智少，这点可以从情感的起伏多变中得到证实，当然，我也深信，有些人企图扼杀想象，要与想象进行坚决的抗争，这也是极其必要的。不过，我私下还是有点想法，我觉得无需将他们的这种抗争过于当真。另外我不得不承认，我在这里写下的文字绝对不是什么了不起的事件，对伟大的文学和人类普遍真理也不会起到什么了不起的作用。就像我必须承认的那样，前几天，我对自己的所作所为产生了某种厌恶，我在街上行走时，内心生出一种强烈的恐惧感，我感到自己在读者眼里简直是个爱虚荣的家伙。其实，只要我们在社会的大舞台上一登台，或者一开始接触文化，我们马上就变得虚荣和不知天高地厚了，因为文化本身就是虚荣的，文化就是文化。假如有人喜欢朴实，放弃虚荣，那么他必定一事无成，或者他自认失败。有关别人对我过于自我的指责，我心里极其平静，我想，假如对这个"我"字和与其相关的东西都退避三舍，那也显得太谨小慎微了。用第一人称来写小说或者用"我"字来叙述，就其本身来说，需要有点那种叫勇气的东西，此外，勇气完全是一种非常朴实的伦理。朴实地走上舞台，就特别需要勇气，我带着这份勇气，在这里继续啰嗦。我在前面多次提到过的那些日子里认识了一个女人，这些日子就像刚刚从"我"面前闪过似的，在我身上留下了一道道印迹、皱纹和伤痕。这个女人举止十分迷人，她比实际上表现出来的更疯疯癫癫。而"真实"对她的几乎浪漫的举止却皱起了眉头，不是我对这个女人的举止皱眉头，而是那个在这段时间里控制了我整个身心的所谓"真实原则"，写真实故事的压力让我透不过气来，再说，这个真实故事也没有吸引任何人的企图，它只是要真，为真而真罢了。于是，我马上带着这篇优秀的文稿走进一家最高雅的咖啡馆，想在小乐队演奏的乐曲陪伴下，仔细地将文稿再自我欣赏一番。事实上，我认真地阅读几乎就像在研究这篇东西了。我肯定，假如有人暗暗想，我在这弥漫着优美乐曲和充满咖啡清香的咖啡馆里装模作样地阅读自己的东西,那么我肯定是骗子,或者是诸如之类的。其实天地良心,他们一定是错怪了我,我绝对不是那种人,因为我在这种场合下,常常是非常谨慎,尽量不引起任何人注意的。别人可能把我视为骗子,对此我只能在心里暗暗发笑。我只是觉得我在与一种十分困难的东西抗争,那就是最严肃、最科学的文字。在我眼里,它们是一种极其严谨、准确的文字,它们朝我铺天盖地而来,或者是由于它们的深沉,反倒显得非常具有诗意。我这个写书匠绝对没有感到我对此有什么探讨和商榷的使命,也许我的文字具有这些深意和价值,这些文字的作者完全有可能是个真正的学者。此外顺便提一句,前些天我不是很偶然地路过一间乡间小屋吗?犹如春风般温柔的秋雨淅淅沥沥,那间小屋风雨飘摇,却似曾相识,屋里有一间书房,四壁挂满了古旧的油画。我不是正好喜欢从窗户看出去的那种暗褐色、花园般的景色吗?对我来说,这种景色简直就像一束鲜花,我只想这样来刻画它。

这样,我又要回到那个小男孩身上来了,我在前面的章节中曾经提到过他,现在我说东道西啰嗦够了，该回来了。这个男孩在一个天色美好的上午或下午，在一片草地或者一条大马路上接受了我无限的赞美，我是想说被我宠爱了好一阵。由于我很喜欢他，所以我送他些好话，让他高兴。事实上，这就是我打算写有关这男孩的所有内容，并且有意把他编进这个越来越长的故事里去。可以肯定的是，在这个故事里，我不久就会获得一个机会，带着微笑走进某一出版社代理人的办公室，这间房间似乎不像沙龙，而更酷似城市小市民公寓里的小房间，我似乎在门口敲门，而那房间里的主人带着他那固有的大嗓门高声说："请进。"

不过无论如何，我有幸在此得到确认，我成功地将看上去七零八落的东西重新捆绑、连接在了一起，我觉得我成功地找到了主线，这根曾经短暂地丢失过的主线，现在又重新回到了我的手中。

我有什么必要，又怎么会把我的兴趣集中到一张报纸上去呢？那张报纸正在谈论戏剧危机，这与男女演员的问题相关。我无法撇开那篇社论文章，读着读着，不禁心猿意马，甚至有点神情恍惚，那篇文章有这种效果。

我喜欢那种被遗弃、被忘却了的企图。你是我曾经放弃过的努力，你使我感动。

也许会有一次对话？

有关写作

关于山脉以及登山之类的主题,前人肯定已经费过不少笔墨了。但我还是可以不断地认识到一点,就山脉的主题本身而言,它完全可以是陈旧的,但同时又可以赋予其新意。有关大山里面居民的小屋,以及它们的意义,当然也依旧可以用白纸黑字、用欢快的词句填满若干张稿子,然后拿去印书。

按照我的意思,塑造和处理周围具体的事物要比想象和思考来得容易些,比如塑造想象中的那些东西,它们总是带着各种各样的要求出现:浪花欢快地拍打着,枝头鲜花怒放,人们在闲聊等等。这些句子并不说明什么东西,这点我自然十分赞成。

描写自然也不尽是件易事,但要想把一段对话写得精彩,那就取决于作家对人的认知了,每一个写小说的,都是这方面的高手。我想,写小说一定是一件非常有意思的事情。

帽子和鞋子无疑会让人联想起帽子店和鞋铺,以及店老板、掌柜的和其他与此相关的所有人。有一次,我有幸认识了一个非常端庄、具有贵夫人气质的女人,她是一家蛋糕店或者面包房的老板娘。她艰辛的创业历史、她的经历和背景、她的生意经,难道这一切的本身不就是吸引人的故事吗?

另外,为什么不能借助写字楼和白领为背景,让它们来讲述自己动人的故事呢?假如您站在一座教堂面前,那么您就会想到礼拜的重要性,会想到宗教领域里的历史变迁。

我们来到湖边,看到岸边静静地停泊着许多小渔船,它们看起来有特别的生活方式,假如它们有张会说话的嘴巴,那么它们一定会讲述许许多多有意思的故事。

果树林、庄稼和葡萄园，它们与无数的辛勤劳作紧密相连，在我看来，这儿和别的地方一样，到处都是明摆着的文学创作题材。

我并不想描写浪漫的东西，因为它在生活中少得可怜，浪漫需要人的想象，这种能力是极其稀缺的，我想，我在这里还是话说得谨慎一点为好。

假如作家根本不考虑目的，那么他的目的往往是最容易被人看出来的，保持一定的分寸是一种适宜的、也是很好的写作练习。

在这儿，在乡村里，广阔的田野向你敞开了宽广的胸怀；在那儿，城市给你开启了城门。乡村的原始、纯朴和城市的文明、高雅相得益彰。这样，求知者就走进了广阔天地，走进了美好的知识和新奇世界。

每一个有追求的人都能选择，每一个学习者也都前途无量。毫无疑问，从事工业、技术、经济、贸易的人都有所作为。身为作家，意味着要有独到的见解和文字的规范，要对普遍存在的事物投入必要的关照。

您仔细地观察工人，您有幸深入地研究一个女人，要做到尽可能地全面、周到。您千万不要错过学校和学生。

假如您愿意观察正发生在您身边的事情,那么一切逝去的东西会在您面前活生生地浮现出来,它们不再是孤立的,而是与过去的、将要发生的事物紧密相关。

微微的敬意

我在这里写一篇小品文,文中的每一句话都用心知肚明的"我"来开头。

我因此摆出了一副十分严肃的表情。

我在想象中似乎有理由对生意兴隆的图书市场提出点责备,这样我也许可以通过勤奋的写作,来为每天的报纸做点贡献。听人说,报纸意味着天下大事。这样的话,人们也许很快就会对装订成书的文学的兴趣转移到分散传播的报纸上去了。

我在另一方面绝对不想以任何方式去打搅主编和出版商先生们,向他们提问题,问他们是否真的心甘情愿冒险去大量增加编辑工作，其实我也经营一家报社，它刚刚能让我养家糊口。

我很久不写信了。在书信中，真诚的词语或许尚有一席之地，它会这样出现："您假如不能立即支付的话，恳请您尽可能尽快给本人提供一笔可观的润笔预支款。"

我昨天午饭时分看见一个小男孩，不对，先是看见一位年轻的、长得十分苗条的女子，然后才是那小孩。显然小男孩是那个女人的。那孩子冲着我微微地笑了一笑。出于他朝我一笑的原因，我觉得有理由以同样的微笑朝孩子的妈妈打个招呼。她也向我报以友好的微笑。

我觉得关注身边同类的身形外貌是一件美好的事情，比如，年轻女子的身姿，陪伴她一起出来的小男孩。而就那小男孩来说，其实他还没长到她膝盖那般高。

我坚信人一定要长一双习惯观察细小事物的眼睛，用这双眼睛去观察日常生活中远的或者近的、简单的或者奇特的小事。这些细小的事情总在不经意中反复出现，但其中却蕴含着无比美好的东西。

今天清晨我翻开了当日的《早报》，在广告的世界里漫游了许久，那是必要的，这样我就得到了各种不同的趣事。比如说，它们告诉了我，电影院因为新潮的原因要比剧院更受欢迎。

我观察到，许多著名的文学作品既会在剧院也会在电影院上演，这让我转变了想法，我相信剧院一定因此而蒙受巨大的损失，同时剧院也看到了一点，自己与传统密不可分。

我在这个演出季大概只去看了一次戏剧演出，演出季马上就要结束了，紧接着将会是春光无限的季节。

我决定即便在这最后几天里，也不去光顾那座专门为艺术而修建的建筑，那里会有一位著名人士登台演出，别人也许会在一个当下十分流行的角色中认出他来。

我下面就来说说这件事情的可信度或者真实性：太时尚的东西几乎都会让人感到少许不适，因为它们难以让人得到享受，也与实际生活不相吻合，或者换句话说，与真实性不符。

我另外还想斗胆透露点别人肯定最喜欢听的

事情，我打量女人的目光是大有区别的。我是想说，我喜欢区别对待人和事。

我非常与时俱进。假如我重新恢复经常去光顾剧院的习惯，也就是说，假如我重新谈论戏剧，那么这就等于我在怜悯自己，因为我不得不看到，我是如何带着敬意放弃剧院的。只有这样做，我才能让自己不至于太落伍。

我能允许自己有一种感觉，剧院正在期待着我的同情与光顾，它希望我会心动，在电影院和剧院之间选择后者，剧院的演出能让我陶醉，主要是因为他们关注世界历史。

我在其中理解到了一种逐渐远去、声音渐渐弱下去的东西。与此同时，电影技术打动了我，这些东西真的让人佩服之至。还有它的速度，它要表达的意义都会在优美镜头中一闪而过，就像晚上独掌孤灯，坐在一家旅店，或者修道院，或一座别墅里，或自己家里的桌子边上，翻看一本连环画册，里面全都是些生活中难以言说的故事。

我此外还想对剧院表示点什么，我想说的是，向剧院表示我崇高的敬意。另外还有，我认识一位坐在沙发上的社会主义者，他以足够开阔的胸襟，向我坦白了内心的秘密，他说他彻底背叛了剧院，尽管他夫人是剧院的常年主顾。

我在问自己，像他这么一个有修养的人怎么会说这样的话，我对这一问题做出了解答。在激动中我对自己说，我相信他属于那种深谙全部戏剧文学的人。

我还对自己说，现在连像他这样有修养的人都厌倦剧院了，他们宁愿去观赏一株盛放的鲜花，或者去看白雪皑皑的大树。他们似乎带着极大的乐趣一起在看、在听浮士德博士对格雷琴说："我美丽的姑娘，能允许我大胆妄为吗？"这些人有的是机会，他们让这句话在自己脑子里无数遍地反复念叨。

我几乎不敢说，剧院与过时这两个字有什么瓜葛，因为剧院和很多别的东西一样，都有自己的命运。世界上有许多新的东西，有的实在太新。而剧院也许还能算是个新生事物，它的棱角可能还没有被磨掉。但剧院在比它更新的东西面前，在刚刚开始学步的事物面前则会很刺耳、很强硬，同时会咄咄逼人。

我现在想让这篇小品文像一个小男孩那样，上床去睡觉了。大人都喜欢早点让小男孩上床去睡觉。

　　我无论在什么情况下都想对剧院表达这种所谓的微微敬意。

音乐

对我来说,音乐是这世间最甜蜜的东西。我酷爱音乐,却无以言表。我不惧千里之遥,只为聆听乐声。夏日炎炎,我在大街上漫步,路边的房子里常常传来钢琴弹奏声。每逢此时,我总是流连忘返,心里暗想,此时此地,死亦足矣。我愿在聆听音乐中死去。就这样我轻松地遐想着,自然而然。不过,这固然是绝无可能的。音乐声声,如匕首轻轻划过。被刺穿的伤口燎灼着,但没有灌脓。从中滴落出的,不是鲜血,而是伤感和痛楚。琴声戛然而止,我的内心重新恢复安宁,我重新回到家庭作业、一日三餐、戏耍当中,忘却了一切。钢琴给我带来最迷人的声音，或许这琴声出自一双笨拙的手，但我听到的却并非演奏，而仅是那琴声而已。我永远成不了音乐家，因为我认为创作音乐不够甜蜜，不足以让人沉醉。音乐总是给我带来悲伤，但这悲伤宛如一丝酸楚的微笑。我喜欢说：它是一种快乐的悲伤。对我而言，最欢乐的音乐也许并不能让我觉得欢快，最忧伤的曲调也绝非伤感和沮丧。沉浸在音乐中，我永远只有一种感受：若有所失。我永远不会知道那温柔悲伤的个中缘由，我也不想去探究那缘由，我只是不想知道。我从自己的睿智中非常清晰地得知，自己没有多少求知欲，之所以相信这点，是因为我天生就不会好奇。我喜欢听凭周边的事情发生，不去过问。这肯定会遭人谴责，并且对我一生的事业腾飞也没有帮助。也许吧。我不惧死，却也不怕活着。我发现自己陷入了哲学侈谈了。音乐就是最不用思考的艺术，因而也是最甜蜜的艺术。喜爱思辨的人永远不会对音乐钟情，但恰恰在聆听音乐之时，他内心最深处却得到了音乐的慰藉。人可以不懂某种艺术，也允许他不喜欢某种艺术。艺术会来依附我们。艺术是如此纯粹，又如此自足，如果有人努力地去接近它，它就会受到伤害，它会惩罚那些为了驾驭它而去迎合它的人。艺术家明白这个道理。艺术家对自己职业的理解，就是与那极不愿意被驾驭的艺术打交道。因此，我永远也不愿意成为一个音乐家，我害怕受到它的惩罚。人可以去热爱一门艺术，但必须谨防深陷其中。不觉自己所爱，便是至爱。音乐让我饱尝苦楚。我不知道自己是否真的爱它。就在它刚才触及我的地方，它打动了我。无论我听不听音乐，我都觉得若有所失。这让我怎么说呢？音乐是一声旋律中的啜泣、一串音符中的追忆、一幅音响中的油画。我苦于言表。以上关于艺术的言辞，大家不必当真。这些话难免辞不达意，只因今天还没有乐声拨动过我的心弦。当我没有听到音乐的时候，我若有所失；当我听到了音乐，我真的会有所失，这就是我对音乐所说的真切感受。

图书在版编目（CIP）数据

散步 /（瑞士）罗伯特·瓦尔泽著；范捷平译. --上海：上海文艺出版社，2024
（2025.2重印）
ISBN 978-7-5321-8962-5
Ⅰ.①散… Ⅱ.①罗… ②范… Ⅲ.①散文集－瑞士－现代 Ⅳ.①I522.65
中国国家版本馆CIP数据核字(2024)第086987号

发 行 人：毕　胜
策　　划：字句lette
责任编辑：余　凯
特约编辑：思　艺　苏　远
封面设计：SOBERswing

书　　名：散　步
作　　者：[瑞士] 罗伯特·瓦尔泽
译　　者：范捷平
出　　版：上海世纪出版集团　上海文艺出版社
地　　址：上海市闵行区号景路159弄A座2楼 201101
发　　行：上海文艺出版社发行中心
　　　　　上海市闵行区号景路159弄A座2楼206室 201101 www.ewen.co
印　　刷：苏州市越洋印刷有限公司
开　　本：1092×787　1/32
印　　张：9.25
插　　页：1
字　　数：141,000
印　　次：2024年5月第1版 2025年2月第2次印刷
I S B N：978-7-5321-8962-5/I · 7058
定　　价：52.00元

告 读 者：如发现本书有质量问题请与印刷厂质量科联系　T: 0512-68180628